Gabrielle Acquamor

E Os Ladrões de Sonhos

Gerente editorial
Roger Conovalov

Projeto Gráfico
Lura Editorial

Diagramação
Juliana Blanco

Revisão
Walter Bezerra

Capa
Marina Ávila

Publicado pela Lura Editorial. 2019.
Rua Rafael Sampaio Vidal, 291
São Caetano do Sul – SP – Cep 09550-170.
Tel: (11) 4221-8215
E-mail: contato@luraeditorial.com.br
www.luraeditorial.com.br

Catalogação na Fonte do Departamento Nacional do Livro
(Fundação Biblioteca Nacional, Brasil)

Cantarelli, Raquel
Gabrielle Acquamor e os ladrões de sonhos / Raquel Cantarelli. 1ª Edição, Lura Editorial - São Paulo - 2019.

ISBN: 978-65-80430-50-5

1. Ficção 2. Fantasia I. Título.

Índice para catálogo sistemático:
I. Ficção. B869.3

www.luraeditorial.com.br

RAQUEL CANTARELLI

Gabrielle Acquamor

E Os Ladrões de Sonhos

Não é magia! É Milagre!

lura

"Escrevo para despertar minha capacidade de sonhar, de me reconhecer forte o bastante para enfrentar o medo, o grande ladrão de sonhos."

- Raquel Cantarelli

SUMÁRIO

CAPÍTULO UM

A menina que foi sonhada

José e Eloá Acquamor, não eram um casal comum. Juntos eles realizavam muitos sonhos. Tinham uma bela casa na Rua das Acontecências n. 8, e se orgulhavam muito dela e da família que haviam constituído. Quem os conhecia mais de perto podia jurar que seriam as últimas pessoas do mundo das quais se esperaria formar um casal tão feliz. Eram como a água e o fogo, como diziam seus amigos. Poderiam muito bem justificar a expressão: "os opostos se atraem".

José era Engenheiro da Prefeitura de Nova Xavantina, no "coração do Brasil", fazia projetos para que a cidade pudesse se desenvolver e receber os turistas que chegavam cada vez em maior número, atraídos pelas histórias místicas que povoavam toda a região. Era um homem alto e magro e tinha mãos enormes, o que lhe era muito útil na hora de carregar todos os equipamentos do trabalho. Era muito calmo e tranquilo, e durante o período em que foi professor, sua personalidade lhe rendeu o apelido de "José amigo".

Eloá não era tão alta quanto o esposo, também não se poderia dizer que era baixinha. Seus longos cabelos castanhos, sempre presos no alto da cabeça, e seus grandes olhos esverdeados lhe serviam muito bem para a leitura, ela passava grande parte do seu tempo com um livro na mão, principalmente sobre a lei da atração e física quântica, seus assuntos favoritos. Seus amigos diziam que ela tinha que "ligar o fio terra".

Os Acquamor tinham dois filhos. Juliana, a mais velha, tinha oito anos e não era apenas seu rosto que era angelical, ela também tinha muito em sua personalidade que a faria, com certeza, assemelhar-se a um. Seus pais admiravam seu jeito puro e simples de ser. O segundo filho se chamava Rafael, era um garoto esperto e muito danado, sua diversão preferida era esconder as coisas da irmã. Ele tinha 5 aninhos e já aprontava boas traquinagens.

Aparentemente, os Acquamor tinham tudo o que queriam: uma bela casa, uma família feliz e estavam sempre envolvidos em tudo o que acontecia na cidade. Adoravam participar da vida da comunidade. José adorava jogar futebol e Eloá participava ativamente de um grupo de teatro, juntamente com seus filhos. José não tinha grandes ambições, tudo o que ele mais gostava já havia conquistado. Eloá, apesar das aparências, escondia um desejo ardente em seu coração: queria muito ser mãe outra vez; seu maior sonho era ter uma família enorme, como a de seus amigos Ana e Edgar, que tinham cinco filhos.

Eloá havia sido avisada pelo seu médico que não poderia mais ter filhos e que seu sonho não se realizaria. Entretanto, ela não estava disposta a aceitar isso facilmente e guardava um segredo. Aprendera a fazer visualização criativa, seguindo as instruções de sua amiga Hannabela Lorybel, que era professora de meditação e empenhou-se em praticar os rituais todos os dias. Ela realmente acreditava, de pensamento e coração, que isso era perfeitamente possível. Seu maior medo era que seu esposo descobrisse o que ela estava fazendo. José não acreditava nessas "bobagens", ele dizia e queria manter a esposa o mais longe possível de Hannabela Lorybel, dadas as histórias que se espalharam sobre ela. A cidade era muito pequena e não faltavam boatos sobre o fato de Hannabela ser uma "bruxa", e José achava que essa era razão suficiente para manter sua esposa longe dela.

Eloá tinha quatro irmãos. As irmãs mais velhas moravam longe e não se viam com muita frequência; já os irmãos, Eliane e Rubens, moravam ali na mesma cidade, estavam sempre com ela e a ajudavam nas tarefas de cuidar das crianças e do jardim, paixão que herdaram de seu pai, o senhor Valdir Belldys, que tinha o apelido de "dedo-verde", pois tudo o que plantava, germinava e produzia com abundância.

Quando José e Eloá foram dormir, naquele dia quente de verão, não havia nada sobre a cidade de Nova Xavantina que pudesse sugerir os eventos excepcionais que aconteceriam a partir daquela noite. Cansada de meditar e pedir a Deus que lhe concedesse a graça de ser mãe outra vez, ela não estava disposta a esperar as "bênçãos de Deus". Ela já sabia o que fazer. Eloá esperou que José adormecesse e foi até a biblioteca. Encontrou o que procurava dentro de um baú. Escondido num compartimento secreto, retirou o Livro dos Sonhos Possíveis, do autor Gregg Braden, presente de Hannabela Lorybel.

Pé ante pé, Eloá desceu as escadas tomando cuidado para não acordar José. Assim que adentrou a sala, apagou as luzes e desenhou uma mandala com água no chão. Caminhou sobre ela sete vezes. Sentou-se em seu interior em posição de meditação e deu início ao seu ritual de visualização criativa.

Ainda bem que José tinha um sono pesado, do contrário teria se assustado com a quantidade de fumaça que se espalhou pela sala. A fumaça parecia tomar formas humanas. Eloá controlou seu medo, estava decidida, e nada iria afastá-la de seu propósito.

Seu coração batia feito tambor, seu corpo parecia queimar de tanta emoção. A fumaça ameaçadora ficava cada vez mais forte, então Eloá abriu seus olhos e enfrentou o que tentava afastá-la de seus pensamentos. Seu olhar foi tão profundo que a fumaça desapareceu e ela pôde vislumbrar o momento em que um espelho em movimento surgiu na sua frente.

Sua concentração aumentou e ela pôde ver uma garotinha de uns cinco anos que brincava com seus bichinhos de estimação, um lobo e uma águia. A emoção foi tão intensa que um redemoinho de luz começou a girar ao seu redor, como se tivesse saído do espelho, através de um clarão de luz.

Eloá nem percebeu o momento em que foi sugada para dentro do espelho; o medo era intenso, mas cabia dentro daquela bolha, então ela relaxou e se entregou. Poder viver aquele momento sublime de um futuro que acabara de acessar com seu ritual foi maior que o medo, e ela apenas sentou-se e brincou com sua filha. Era um sonho que se tornava realidade.

Porém, no mesmo instante em que Eloá realizava seu ritual de visualização criativa, em algum universo paralelo, outra mulher também escondia um segredo...

Nove meses se passaram e logo pela manhã, José estava vestindo o uniforme da escola em Juliana, ao mesmo tempo em que tentava acordar Rafael para não se atrasarem para a aula.

Eloá não estava muito disposta e lhe pediu para que buscasse o amigo Edgar para ajudá-la na hora do parto, ele era pediatra. José estava muito nervoso e, para disfarçar seu nervosismo, cantarolava alguma coisa enquanto preparava o café para os filhos.

Saiu de casa tão apressado que não reparou na águia que havia pousado sobre a sacada, e se tivesse olhado pelo retrovisor do carro, não deixaria de ver o enorme lobo branco de olhos vermelhos que cruzou a rua, assim que ele deixou a garagem de casa.

Deixou as crianças na escola e foi até o hospital onde o amigo Edgar acabava de sair de um plantão. Ele estava visivelmente cansado e sonolento, mas não se recusou a ir atender Eloá.

Quinze minutos depois e José chegou com Edgar, porém não foi necessário preparar o parto. O quarto estava escuro, iluminado apenas pela luz de uma luminária sobre a penteadeira. José viu-o imediatamente, um pequeno montinho ao lado de Eloá. Envolto em um lençol, seus contornos se moviam com muita suavidade. José foi atraído até lá como se estivesse em transe, os olhos de Eloá brilhando, observando-o com um sorriso largo.

José hesitou um pouco, e com o convite de Eloá, pegou o bebê. Suas mãos eram brutas, de uma vida inteira lidando com projetos e as tarefas da horta. Não imaginava segurar outra vez algo tão delicado, tão precioso. Suas mãos tremiam quando se fecharam ao redor do cobertor e ergueu-o na direção da luz. Então ele viu o rosto da criança. Era tão rosado, não maior do que seu punho, os olhos abertos e incrivelmente negros, tão pequeno e tão perfeito que desafiava seus maiores sonhos. Nunca tinha sentido uma alegria tão grande, seu coração disparou. O cobertor caiu e foi assim que José entendeu o sorriso de Eloá.

— É mais uma menina! — exclamou José, não escondendo a surpresa.

— Está decepcionado? — perguntou Eloá.

— Não — disse José, percebendo que não importava. Aliás, seu amor parecia ser ainda maior. Suas menininhas precisariam muito mais dele do que Rafael. *O que sabia que poderia ensinar às suas filhas?*, perguntava-se intimamente.

— Não tenha medo, papai, você será o melhor pai do mundo!

José ficou petrificado e perdeu a noção do tempo em que permaneceu assim. O silêncio só foi quebrado com o barulho de um corpo caindo ao chão. Edgar tinha desmaiado.

— Meu Deus! — exclamou Eloá. — Minha filha, você fala?

— Sim, mamãe. Eu falo! Você me chamou e eu vim!

— Isso é um milagre! — gritou José. — O que vamos fazer?

Desesperado, José tomou o amigo Edgar em seus braços e o levou para casa. Em seguida foi até um bairro antigo da cidade, onde ficava a casa paroquial. Ele teria que contar para alguém ou explodiria.

Quando chegou à esquina da Rua Matriz, José se deu conta de que algo estranho acontecia. Eram oito horas da manhã, todo o bairro estava escuro. Não havia ninguém nas ruas, o silêncio era total e uma chuva fina e multicolorida caía sobre o carro de José. O para-brisa começou a brilhar e quando fixou seu olhar, imagens se formavam à sua frente. Eram cenas de um lugar estranho e muito diferente, que José nunca tinha visto antes, nem mesmo em sonhos.

Ao passar em frente à casa de Hannabela Lorybel, já na rua da casa paroquial, José percebeu pessoas estranhas reunidas ali. Vestiam longos vestidos ou calças largas de cores claras, e pareciam segurar objetos em suas mãos. O que estariam fazendo ali naquela hora? Talvez tivesse sido coisa da sua imaginação, assim como as imagens que viu refletidas no para-brisa do carro. Piscou bem forte e fixou o olhar na direção daquelas pessoas, sentindo um calafrio percorrer todo seu corpo.

O carro parou de andar e simplesmente não obedecia ao comando de José, que queria sair o mais depressa dali. Num piscar de olhos, ele sentiu a presença de alguém a seu lado. Um homem muito forte, com cabelos prateados e olhar enigmático o petrificou.

— Não tenha medo, José. Está tudo bem! Só vim aconselhá-lo a não contar sobre sua filha para ninguém, ao menos até que saibamos o que fazer.

— Quem é você? Como sabe meu nome e sobre minha filha?

— Sou Desdenhus, o Guardião da Chave Disfidare, não sou daqui.

— Desdenhus? Não estou entendendo nada! Nunca o vi antes. E essas pessoas, essas roupas, essas coisas, o que estão fazendo aqui?

— Estamos aqui para descobrir. Também para nós é um evento incomum. Fomos alertados pelos vórtices que vieram da sua casa, estamos a serviço do Rei Emanuel do Reino de Étherys.

— Evento incomum? Vórtices? Rei Emanuel? Meu Deus, só pode ser um pesadelo! Não! Deve ser coisa daquela Hannabela Lorybel. Foi ela que colocou essas ideias malucas na cabeça de Eloá. Vou falar com o padre. Saia do meu caminho agora!

José acelerou o carro e quando olhou para o lado, aquele homem estranho havia desaparecido. Só então ele começou a processar o que havia acontecido. Olhou para a frente da casa de Hannabela Lorybel e não havia mais ninguém. Decidiu seguir até a casa paroquial e às oito e meia bateu à porta.

— José? O que faz aqui tão cedo, meu caro? Aconteceu alguma coisa?

— Não, padre Amaro, está tudo bem, nossa filha nasceu! Gostaria de marcar o batizado o mais breve possível!

— Não há necessidade de vir assim tão cedo, sabe que temos sete dias para realizar o batismo. Agora que está aqui, entre, vou marcar para você agora mesmo.

José não soube ao certo o que o fez mudar de ideia. Naquele momento, a voz daquele homem estranho ainda soava em sua mente e ele decidiu não falar nada ao padre. Agendou a hora e o dia do batizado da filha, e foi embora

Já estava ficando tarde, José resolveu passar na padaria antes de voltar para casa, levaria pães quentinhos de gergelim para o café, eram os preferidos de Eloá. Estava quase se esquecendo daqueles episódios incomuns da manhã quando notou pessoas estranhas sentadas numa mesa de canto da padaria. Todas tinham o cabelo muito branco, com exceção de uma delas, que tinha o cabelo azul-escuro. José imaginou que era alguma moda nova. Percebeu que a única de cabelos azuis era Hannabela Lorybel. E se arrepiou ao ouvir o que eles conversavam entre si

— ... Os Acquamor? Como pode? Justo eles? Nem ao templo eles vão!

— ... É sim, a filha deles acaba de nascer! Esta madrugada...

— ... É ela sim! Atravessou o portal! Ainda há esperança...

Pensou em dirigir-se até aquelas pessoas que falavam sobre sua família, não saberia o que dizer, ele não acreditava em nada místico, e simplesmente calou-se e foi embora. O medo tomou conta dele.

Ao chegar em casa, já passando das dez horas da manhã, os pais de Eloá estavam lá, preparando o café.

— Parabéns, José! Que linda menina — falou entusiasmado o Sr. Valdir Belldys, o sogro.

— Que bênção, meu filho — disse a Sra. Zandira, muito feliz com a netinha. — Como ela é rosada e forte... nem parece uma recém-nascida!

— Vocês a viram? Ela está bem? Não disse nada?

— Quem não disse nada? Eloá? O que ela teria para dizer? Está tudo bem, não está?

— Sim, está tudo bem, sim. O Dr. Edgar não teve trabalho nenhum, quando cheguei com ele, a menina já havia nascido.

— O que o Dr. Edgar disse? Por que ele não está aqui?

— Ele teve um pequeno mal-estar, meu sogro. Eu o levei para casa, mais tarde vou até lá para vê-lo.

— Bom, José, não foi só o Dr. Edgar que passou mal hoje. Já ouviu o noticiário?

— Não. Não ouvi nada, nem me lembrei de ligar o rádio hoje.

— Não só aqui em Nova Xavantina, no mundo todo. Parece que os boatos que temos ouvido ultimamente têm seu fundo de verdade. Será mesmo o fim dos tempos? Que Deus tenha misericórdia de nós!

José ficou intrigado com as afirmações do sogro e correu para ligar a TV, a tempo de ouvir notícias sobre uma chuva colorida em Brasília, seguida de múltiplos arco-íris cortando os céus em várias partes do Brasil.

José ficou paralisado em frente à TV ouvindo as notícias mais estranhas de todos os tempos. Ele se recusava a acreditar no que ouvia. Buracos negros no espaço, sobre o Japão e a Austrália. Animais estranhos em partes da África e movimentações estranhas das águas do mar na costa brasileira. O coração de José parecia um tambor.

Ele teria que confrontar sua esposa Eloá, sabia que ela estava lendo aqueles livros estranhos desde que fizera amizade com a tal Hannabela Lorybel. E foi nesse momento que Eloá veio até a mesa para tomar café.

— Você deveria estar na cama, minha filha, já estou preparando o seu café.

— Estou bem, mamãe, quero tomar um banho. Vou aproveitar que a bebê dormiu.

Já sozinhos, José largou sua xícara de café e, ainda tremendo, perguntou para sua esposa.

— Eloá, querida, você não tem recebido a visita de sua amiga Hannabela nos últimos nove meses, não é?

— Não — respondeu Eloá rispidamente. — Qual o interesse nela justamente hoje? Já não discutimos o suficiente?

— Me desculpe, é que com tantas notícias estranhas acontecendo em todo o país, justamente sobre esses assuntos que sei que vocês duas gostavam de conversar, achei que ela seria a primeira a aparecer.

— Não. Ela não apareceu. Não foi você mesmo que a proibiu de entrar aqui em casa? De que notícias você está falando?

— Portais, buracos negros, crianças que desapareceram, isso sem contar com nossa filha, que falou ao nascer — sussurrou José.

Eloá contraiu os lábios e ficou com o olhar distante, como se estivesse em um outro lugar. José ficou em dúvida se lhe contaria sobre o que ouviu na padaria e sobre o encontro com o tal de Desdenhus naquela manhã. Preferiu calar-se. Ele rezou e pediu que tudo aquilo tivesse sido coisa da sua imaginação. Foi buscar as crianças na escola para conhecer a irmãzinha.

Quatorze dias haviam se passado em Nova Xavantina desde o nascimento da filha dos Acquamor, e os relatos que o Dr. Edgar havia espalhado pela cidade já estavam tomando proporções alarmantes. Não tardou para que chegassem aos ouvidos do pároco da cidade. Ele estava mesmo intrigado com José Acquamor desde a sua visita nada comum naquela manhã. Seria mesmo verdade o que estavam dizendo? Nesse caso era melhor chamar o bispo da região, só ele poderia conduzir um ritual de exorcismo, se fosse o caso, o que parecia ser mesmo. Será? Achou melhor ver com seus próprios olhos, e quando a missa terminou, naquele dia de sexta-feira, ele não voltou para casa. Pegou outro rumo, tinha uma visita a fazer.

A casa dos Acquamor ficava do outro lado da cidade e o padre Amaro estava atravessando a ponte sobre o rio das Mortes quando uma luz diferente chamou sua atenção; saía da casa dos Acquamor e podia ser vista da ponte. O padre ficou intrigado e acelerou o carro.

Eloá já estava deitada, tinha acabado de colocar Juliana e Rafael para dormir, quando ouviu um carro chegando. Em seguida, três batidas na porta da frente.

— Quem poderá ser a essa hora? — José olhou para sua esposa.

— Não estou esperando ninguém. Pode ser a Eliane, será que já chegaram da viagem?

Eloá foi até lá e quando abriu, o padre Amaro estava parado à sua frente.

— Boa noite, padre! Que boas novas o trazem aqui?

— Me perdoem por vir sem avisar, estou devendo uma visita à menina de vocês. Eu posso vê-la?

— Ela já está dormindo, mas não vejo nenhum problema, padre, espere um pouco que vou buscá-la — Eloá adiantou-se em dizer.

— Aceita um copo de água, um vinho, padre? — José tentava disfarçar o nervosismo enquanto via sua esposa subir as escadas em direção ao quarto onde a menina dormia.

Não demorou para que ouvissem gargalhadas vindas do andar de cima e Eloá, que parecia fazer de tudo para que sua bebê parasse de falar.

O padre Amaro subiu as escadas correndo, seguido por José, e quando chegaram no quarto, Eloá estava pulando na cama, tentando pegar a filha que flutuava e ria muito alto.

O padre Amaro caiu duro no chão.

Quando recobrou os sentidos, não acreditou no que o casal Acquamor lhe relatou sobre a criança. Ele pediu segredo e foi embora, teria mesmo que chamar o bispo. Não estava preparado para o que acabara de presenciar.

Foram apenas oito dias desde a visita do padre Amaro, e mais uma vez os Acquamor receberam sua visita. Já passava da meia-noite quanto bateram à porta e José, embora sonolento, foi abrir. Estava bastante calmo, parecia que já estava esperando aquela visita.

— Boa noite, José. Vossa Eminência está aqui para conhecer sua filha.

— Entrem. — José curvou-se e beijou o anel do bispo, que apenas acenou com a cabeça. Ele estava completamente calado e parecia estar bastante apreensivo.

— Vou avisar Eloá que estão aqui e pedir que traga nossa filha. Por favor, sentem-se.

José subiu as escadas e, em instantes, chegou de volta à sala em companhia de Eloá, que trazia a menina em seus braços. Ela estava acordada e parecia ser um bebê perfeitamente normal.

O Bispo se aproximou e colocou sua mão na testa da criança, que não esboçou nenhuma reação.

Voltou-se para o padre com um olhar confuso, como se esperasse alguma explicação, e fez um sinal com as mãos pedindo que o padre lhe entregasse alguma coisa. O padre amaro retirou de sua batina um pequeno frasco e o entregou ao bispo. Era água benta. Aspergiu sobre a menina, e nenhuma reação outra vez.

— Tem certeza de que se trata dessa criança? — disse o Bispo voltando-se para o padre.

— Claro, Vossa Eminência! Tenho certeza que é ela mesma. Ela falou sim, e eu a vi flutuar.

— Não vejo nada de incomum nela. Mas não posso dizer o mesmo do Senhor, Padre Amaro.

— Como assim? O que tenho eu? Estou perfeitamente normal. Não estou ficando louco, se é o que está tentando dizer!

O bispo se desculpou com o casal e, em forma de agradecimento pela compreensão dos dois, prontificou-se a realizar o batismo da criança ali mesmo.

Na saída, antes mesmo de cruzar a porta da entrada, o bispo se voltou para o casal e disse:

— Bonito nome vocês escolheram para sua filha: Gabrielle significa a "enviada de Deus".

Ainda era possível ouvir o barulho do carro do padre deixando a Rua das Acontecências quando a menina abriu os olhos nos braços de Eloá. José acabara de fechar a porta da casa e se aproximou da esposa a tempo de ouvir sua filha.

— Eu fiz direitinho, mamãe?

— Sim, minha filha, você fez direitinho.

José sorriu para sua esposa, aliviado, e foram dormir, imaginando que saberiam como lidar com a filha.

Estavam redondamente enganados...

Os Acquamor dormiam um sono tranquilo e não imaginavam que ali mesmo, no seu quintal, um portal nas cores do arco-íris se abria sobre as águas do Rio das Mortes. E que uma águia, um lobo e dois homens muito estranhos o haviam atravessado, flutuando e pairando em sua varanda.

Já estava quase amanhecendo e apenas pessoas vestidas de branco sobre a ponte pareciam interessar-se pelo que estava acontecendo ali. O restante da cidade dormia o sono dos justos. Mas não seria por muito tempo.

O primeiro homem que pousou na varanda dos Acquamor era um homem magro, e apesar dos cabelos prateados, compridos e olhos azuis, não aparentava a idade que tinha. Ele já era bem velho, a julgar pela sua postura de homem sábio e uma única marca de expressão na testa. Estava usando roupas largas, parecidas com um quimono japonês. Seu nome era Aurélyus Néquilus.

O cachorro "Pingo" acordou, levantou a cabeça e soltou um ganido, deitando-se em seguida; alguma coisa não permitia que ele latisse.

Aurélyus Néquilus parecia ter consciência de que estava pisando em solo bastante familiar, e seu coração se encheu de esperança. Procurou um pergaminho no bolso e, quando ergueu o olhar, o segundo homem também estava de pé a seu lado.

— Espero que tenhamos mais sucesso do que Desdenhus — disse ele olhando para um homem de mais de dois metros de altura, cabelos verdes emaranhados e barba igualmente revolta, de onde se podia ver dentes de animais pendurados. Diferente de Aurélyus, ele vestia uma roupa reluzente e empunhava um escudo e um machado que parecia maior que os pilares de madeira da casa. Ele tinha mãos enormes e lhe faltava metade da orelha esquerda.

Se alguém os visse ali, naquele momento, mesmo para uma cidade cheia de acontecimentos, eles pareceriam muito estranhos. Até mesmo Eloá, acostumada a leituras exóticas, se espiasse pela janela e visse aquelas duas figuras na sua varanda, ficaria espantada.

— Não se preocupe, Professor Aurélyus... agora sou eu quem estou no comando aqui. Esqueceu que sou Tratyrus? O Guardião da Chave Verittas?

— Não. Não me esqueci. Por que acha que solicitei ao Rei Emanuel que lhe enviasse comigo desta vez?

— Ah, então foi esse o motivo que me trouxe até aqui? Eu já tinha avisado ao Rei que não seria fácil convencê-los. Percebeu o quanto são diferentes de nós, os etheryanos? Como foi que ela veio parar aqui?

— Você não soube? Um Portal 11:11 foi aberto e assim houve a troca de poderes entre as duas meninas. O que foi um grande milagre de Morphys, diga-se a verdade. Ou estaríamos perdidos para sempre nas mãos de Medlor.

— E quanto aos Acquamor, coitados — disse o Guardião, pausadamente. — Eles não tiveram a sorte de ter a filha que tanto sonharam. Por que não devemos contar a eles que ela está viva e bem aqui na Terra?

— Porque isso logo chegaria ao conhecimento de Medlor, é melhor que ele pense que conseguiu destruí-la, já que ela é a única que poderá vencê-lo no futuro, quando ao que tudo indica, enfrentaremos outra guerra contra seu exército. Além do mais, você sabe muito bem que as notícias correm muito rápido em Étherys.

— E quanto à menina? Eu sei o que vi através do meu escudo, já foi comprovado?

— Sim. Não há dúvida. Temos muito a agradecer. O mais difícil será convencer seus pais de deixá-la ir conosco quando chegar a hora.

— Não deve ser mais difícil do que convencer os Acquamor de que sua filha não morreu e está viva aqui na Terra. E que terão que manter isso em segredo.

— Eu faço ideia do que estão dizendo no Condado de Aquor. Coitada de Verena, queria tanto uma filha e foi seduzida por Hanna Lanzabel. Pagou caro ao fazer uso de um pergaminho proibido.

— O pior não é isso. O que eles me contaram ontem à noite quando estive com eles na vila dos Humilsh é que foi o Pensador Eghon quem conduziu "as provas de Morphys" na pequena Gabrielle, ela não sobreviveu ao fogo. Foi parar no Deserto dos Sonhos Perdidos, coitadinha... Verena e Acácio estão desconsolados e não pude dizer nada a eles.

— Quanto tempo eles terão que esperar até se reencontrarem com ela? — perguntou Tratyrus, com a voz trêmula.

— Até que complete 14 anos e possa ganhar seu animal-guia, sem o qual não conseguiria lutar contra Medlor — disse Aurélyus Néquilus.

— Tanto tempo? E se Medlor conseguir voltar antes desse tempo, como vamos enfrentá-lo Professor? Não acha injusto que a energia do mal cresça na mesma proporção que a energia do bem?

— É a lei de Étherys, meu caro Tratyrus. É assim que é, só nos cabe esperar.

— O que viemos fazer exatamente aqui, Professor? Como pretende abordar os pais da menina. Sabe que não será nada fácil, não é? O que essas pessoas da Terra têm para ensinar a ela, que já não saiba? Tem ideia do que pode acontecer se ela desenvolver todos os seus poderes aqui?

— Agora não temos escolha — disse Aurélyus, muito convencido de suas palavras —, os Acquamor são pessoas muito especiais e saberão proteger sua filha, mesmo sendo ela tão cheia de poderes. Tenho certeza que farão com que ela não saiba o quanto é especial.

— Tenho minhas dúvidas, Professor — falou Tratyrus, em tom duvidoso. — Como espera convencê-los de que é melhor não falar nada à filha sobre seus poderes?

— O Rei Emanuel me autorizou a conversar com eles e a lhes contar tudo. Espero que tenhamos mais sorte que o Guardião Desdenhus.

— Sorte? Já está falando como os humanos, Professor! Bem sabes que não existe sorte. — Riu o Guardião.

— Mas eles não sabem disso, meu caro. Será uma longa conversa. No final, tenho certeza de que eles entenderão. Não vão querer que a filha seja exposta a perigos. Nenhum pai quer isso para seus filhos. Ela será o segredo dos Acquamor.

Esta era uma coisa que não caberia a eles controlar. O coração dos homens era diferente do coração dos etheryanos, embora se parecessem em muitas coisas.

Assim que o dia amanheceu, José se preparou para a corrida matinal e se deparou com aquelas duas figuras estranhas em sua varanda. Saltou para trás no mesmo instante em que gritava:

— De novo não! Meu Deus! De novo não! Vão embora e me deixem em paz. Essa brincadeira já está ficando séria demais. — Voltou para dentro de casa e trancou a porta.

Quando se virou e já estava pronto para subir as escadas, no canto do olhar percebeu que alguma coisa se movia no sofá da sala. Acendeu a luz e deu de cara com os dois homens sentados ali. O maior deles, o de cabelos verdes, mal cabia na poltrona, e só então reparou na sua armadura e no escudo que trazia consigo.

— Quem são vocês? O que querem aqui? Como conseguiram entrar? Foi Eloá quem os deixou entrar, não foi? Vamos, confessem!

— Meu nome é Aurélyus Néquilus, José. Estamos aqui para lhe falar dos poderes de sua filha, Gabrielle. Ela é uma etheryana como nós, e quando completar 14 anos deverá voltar à Étherys, onde é o seu lar.

— Como sabem sobre a minha filha? Vocês estão falando igualzinho àquele outro que me visitou na madrugada em que minha filha nasceu. De onde mesmo o senhor disse que vem?

— De Étherys, o reino das infinitas possibilidades. E sua filha também veio de lá. E tem uma infinita missão a cumprir em Étherys.

— Como ela pode ser de outro lugar se nasceu aqui? Ela é nossa filha e não abriremos mão dela. Por favor, vão embora antes que Eloá acorde. Ela ficará muito assustada com tudo isso.

Era tarde demais. Descendo as escadas, vinha Eloá com a filha no colo. A menina dormia tranquilamente em seus braços e não fazia ideia do que estava sendo discutido a seu respeito.

Eloá abriu a boca bocejando, deparou-se com os três no meio da sala e engoliu em seco. Pensou em correr, porém os enfrentou com um sussurro:

— José, o que está acontecendo aqui? Quem são esses homens?

Foi uma longa conversa, e quando o portal que os levaria de volta à Étherys se abriu, o Guardião Tratyrus falou em tom de satisfação:

— Creio que cumprimos direitinho nossa missão aqui na Terra. O Rei Emanuel ficará muito satisfeito, não?

— Espero que sim, Tratyrus! — E juntou os dedos em forma de infinito, desaparecendo através do Portal do Roncador.

Gabrielle Acquamor aninhou-se no colo de sua mãe e dormiu até que seus irmãos a acordaram antes de sair para a escola.

Seu pai tocou sua mãozinha e percebeu que ela tinha o poder de acalmar seu coração. Todo o nervosismo com a visita que acabara de receber havia passado instantaneamente. Com uma coisa ele concordava plenamente ao rever o que dissera Aurélyus Néquilus: sua filha tinha o poder de trazer alegria e afastar seus maiores medos. Encheu-se de coragem e deu graças a Deus pela filha dizendo:

— Gabrielle, minha filha, você parece um sonho!

CAPÍTULO DOIS

A menina arco-íris

Mais de treze anos haviam se passado desde o dia em que os Acquamor foram abençoados com a chegada de sua terceira filha e com aquelas visitas estranhas. A rua das Acontecências, 8, no Bairro Flor de Lyz, não havia mudado quase nada. O Rio das Mortes, com suas águas limpas, corria debaixo da ponte e dava vida àquele lugar, junto com o sol que entrava sorrateiro todas as manhãs. Quando José abria as portas da sacada de seu quarto, tudo parecia igual como sempre fora. As fotos e a pintura em quase todas as paredes da casa, no entanto, denunciavam que o tempo havia passado.

Juliana, a filha mais velha, agora tinha vinte e um anos, já morava fora para fazer faculdade de veterinária e só voltava para casa no período de férias. Rafael tinha acabado de completar 18 anos e também se preparava para ir embora de casa. Agora havia Gabrielle, uma menina-moça de pele rosada e cabelos azul-claros que não era fácil de explicar aos curiosos. Desde que nascera seus cabelos ganharam aquela cor e nunca mudaram. Ela era conhecida de todos na cidade como a menina arco-íris, sempre que chovia, de seus cabelos poderiam ser vistas luzes coloridas.

As férias haviam começado e mesmo que pudesse dormir até mais tarde, Gabrielle gostava de levantar cedo para ajudar a mãe a preparar o café da manhã. Aquele era um dia muito especial.

— Pode arrumar a mesa, Gabi? Tenho que cuidar para que o pão de queijo não queime, a Jú adora e vamos surpreendê-la. Quero tudo perfeito quando ela chegar.

— Ela vai adorar, mãe. Também estou com saudades! — disse quase sussurrando, e em seguida completou: — O Melo veio novamente falar comigo esta noite, ele disse que está chegando a hora e que devo estar preparada.

— O que foi que você disse, filha? — falou como se não tivesse escutado.

— Melo me avisou que em breve virão me buscar para voltar à Étherys. Eu já venho avisando isso há mais de um mês, por que finge que não é com você?

— Não estou fingindo, filha. Apenas estou tentando não sofrer antes da hora. Não diga nada à sua irmã. Ela não aguentaria. Sabe o quanto ela sofreu quando ficou sabendo disso.

— Fique tranquila, mãe. Não direi nada, mas e se eles vierem me buscar durante as férias? Como pensa em esconder isso da Ju?

— Não quero pensar sobre isso agora. Estou cuidando para que os pães de queijo não queimem.

Rafael apareceu só de bermudas na cozinha. Ainda sonolento, esfregava os olhos com o dorso das mãos. Quase não havia espaço na mesa de tantas guloseimas esperando pela família Acquamor. Pelo que viu, além de pão de queijo também tinha tapioca e bolo de chocolate, os preferidos de Juliana. Como sempre fazia, passou o dedo e arrancou a cobertura, levando o dedo à boca.

— Hummm! Que delícia. Tudo isso só por que a Jú tá chegando? Deveriam fazer todos os dias.

— Quando você estiver fora e voltar para as férias, também será recebido assim, não se preocupe. Tire as mãos daí! Vá abrir a porta, não ouviu o barulho do carro? A Ju chegou!

Rafael e Gabrielle saíram correndo. Ele era muito veloz e mesmo tendo saído na frente, logo foi ultrapassado pela irmã. Apesar de baixinha, ela era muito rápida e nunca perdia uma corrida para o irmão. Em compensação, ninguém conseguia ganhar de Rafael na brincadeira de esconde-esconde. Era simplesmente impossível encontrá-lo quando eles brincavam.

— Cheguei! – gritou Juliana, abrindo os braços para acolher os dois irmãos num único abraço.

José apanhou a mala da filha e os seguia, sorrindo enquanto os via tentando entrar de uma só vez na porta. Juliana sempre trazia presentes para os irmãos, e desta vez não foi diferente.

— Que número de roupa está usando, Gabi? Ainda usando numeração de criança?

— Não tenho culpa de ser pequena. Você deveria saber que os melhores perfumes estão nos menores frascos. O que trouxe para mim?

— Calma. Primeiro quero ver a mãe. — Foi correndo até a cozinha abraçar Eloá, que acabara de colocar os pães de queijo na mesa.

A alegria de Eloá finalmente estava completa. Ver sua família toda reunida sempre fora seu grande sonho, e apesar de não ter tido cinco filhos, não podia queixar-se. Os três que tivera, quando conversavam, faziam tanto barulho que mais parecia um batalhão. Eloá sentiu um forte arrepio cortando sua coluna e imaginou que fosse devido à forte emoção da chegada da filha.

— E então, maninha? As pessoas já se acostumaram com seus cabelos azuis? O que é mesmo que você fala quando te perguntam sobre isso?

— Que foi um tratamento quimioterápico que recebi quando era bebê. Você sabe disso muito bem e continua me perguntando sobre?

— É legal. Não canso de ouvir você falar disso. E sua manchinha, já mudou de lugar outra vez?

— Sim. Acredita que veio parar bem em cima do coração? Tomara que nunca me apareça no rosto, não entendo como ela pode mudar todo ano desse jeito.

— Deixa eu ver? — perguntou Juliana bastante curiosa e já aproximando-se da irmã, que desabotoava a blusa.

— Olha! Você acha que ela cresceu também? Estou achando que ela ficou um pouco maior, o que me diz?

— Com certeza! Só quem não cresceu nadinha foi você, né? Continua nanica!

— Para! Não começa com isso. Sabe que não gosto que falem assim comigo.

— Desculpa, maninha. Não me aguentei. Você reparou que sua marca de nascença parece um infinito?

— O Rafa acha que é um 8. Lembra quando ela apareceu no meu braço?

— Claro! Todo ano ela muda de lugar, quando será que vai parar?

— Parar? Eu queria que ela desaparecesse de vez, isso sim!

Naquele momento ouviram o barulho de outro carro, Eloá foi ver quem estava chegando, enquanto Rafael e Gabrielle abriam os presentes que Juliana lhes entregou, assim que terminaram o café.

Gabrielle sorriu com um pingente em forma de lobo. Era seu animal preferido. Rafael já estava instalando seu novo jogo no computador e também estava muito feliz.

— Vejam só quem acaba de chegar! — E indicou o avô Valdir com a cabeça.

Juliana abriu um largo sorriso e correu para abraçá-lo. O avô levou a mão à frente para que ela não tocasse nele, dizendo com uma expressão de dor:

— Não me aperte, Juliana! Minhas costas estão me matando, onde está a Gabrielle?

— Estou aqui, vovô – disse Gabrielle, saltando da cadeira e correndo na sua direção.

Sempre que o avô sentia alguma dor nas costas, nas pernas ou outro mal-estar qualquer, ele recorria à neta. Ela tinha o poder de curar instantaneamente suas dores, bastava tocá-lo. Gabrielle adorava poder fazer isso e devolver o sorriso ao rosto do avô. Na verdade ela fazia isso com todos que a procuravam. A casa dos Acquamor estava sempre cheia de gente em busca da "menina arco-íris" para aliviá-los de alguma dor.

— E agora? — perguntou Gabrielle, olhando diretamente nos olhos do avô, que se encheram de lágrimas assim que a neta tocou suas costas, no ponto da dor.

— Estou ótimo! Obrigado, minha querida. Posso te pedir um favor? Tenho um amigo que está muito doente, pode ir vê-lo e ver se pode fazer alguma coisa? Por favor?

— Vovô! O que foi que combinamos? — respondeu Gabrielle, com firmeza.

— Eu sei, eu sei... só desta vez... eu prometo! — disse o avô cruzando os dedos sobre a boca.

— O que houve com seu amigo, quem é ele?

— Está passando mal do coração, é o Godofredo.

— Seu Godô? Por que não disse logo? É claro que vou vê-lo. Adoro as histórias que ele conta. Podemos ir agora?

— Também posso ir? — Juliana gritou entusiasmada. — Não quero perder esse espetáculo!

— Não vou fazer nada espetacular, só vou tocar ele com minhas mãos. O resto é tudo da cabeça dele. Já expliquei isso mil vezes! É assim que funciona.

Juliana começou a rir alto. Na realidade ela não acreditava nas palavras da irmã, fazia anos que a via curar as pessoas das mais diferentes enfermidades, e ela mesma já havia sido tocada pela irmã sempre que caía e ralava o joelho.

— Você está sendo modesta? Maninha querida, isso é novidade para mim!

— É que já estou ficando cansada disso, sabe? Todos os dias tem alguém batendo aqui em casa, querendo ser tocado. Não tem mais graça. Seu Godô é diferente. Vou agora mesmo.

Seu Godofredo era um senhor alto e magro, costumava andar na cidade de um lado para o outro, atravessando a ponte sobre o Rio das Mortes pelo menos três vezes ao dia. Gabrielle gostava de suas histórias de quando ele havia chegado na região, vindo a pé do nordeste, bem como suas histórias sobre os Portais e as cidades perdidas que atraíam gente do mundo inteiro. O mais famoso deles era o sertanista Fawcet, um inglês que havia desaparecido na Serra do Roncador enquanto procurava a cidade perdida de Atlântida.

Na casa de seu Godô o encontraram de cama, porém pouco tempo depois de Gabrielle tê-lo tocado, estavam os três sentados no banco em seu jardim, comendo rapadura e ouvindo suas histórias. Em dado momento, seu Godô chegou mais perto dela.

— Vou lhe dar um aviso — disse, aproximando-se para cochichar em seu ouvido. — Eles estão chegando para te buscar. Tome cuidado, podem não estar sozinhos...

— O quê? Do que está falando, seu Godô? Como sabe disso?

— Também sou um Guardião do Portal do Roncador. Estamos todos vigilantes e cuidando de você desde que nasceu. Estou a serviço do Rei Emanuel.

— Então é por isso que passa todos os dias pela minha casa e me conta essas histórias? Seu danadinho, hein? Por que nunca me contou?

— Tudo tem um motivo, minha cara, tudo tem um motivo. Não te contei para não me distrair enquanto cumpria minha missão.

— Como você pode estar a serviço do Rei Emanuel se você é daqui da Terra? Não entendo...

— Você terá muitas coisas a aprender quando chegar em Étherys, vai dar trabalho!

— Quem é você?

— Como assim? Sou o Godofredo, ora? Tá ficando biruta, Gabrielle?

Gabrielle não estava entendendo nada.

— Vamos, Juliana, temos que nos aprontar para a festa do João Vítor. Você já comprou um presente pra ele?

— Sim, está comigo, promete que não vai aprontar nada na festa?

— Não vou aprontar nada... quer que eu jure?

Juliana apenas sorriu, deixando claro que não acreditava na irmã. Não adiantava, ela sempre aprontava das suas e sentia prazer nisso.

Quando completou três anos, um desconhecido apareceu em sua casa, ficou sorrindo para ela e cantou os parabéns junto com seus pais e seus irmãos. Gabrielle lhe serviu um pedaço de bolo e perguntou para sua mãe quem era aquele moço.

— Que moço? Não tem ninguém aqui, filha.

Ela nunca mais deixou de vê-lo, e conversava com ele o tempo todo. Ele lhe falava do seu mundo, o Reino de Étherys. Seu nome era Melo.

Seus pais o chamaram de "amigo imaginário" e disseram que isso era muito comum em crianças daquela idade.

Uma vez Gabrielle não conseguiu se conter ao ver seu irmão Rafael levando a pior numa briga com os garotos no intervalo da escola. Ela tinha apenas 6 anos de idade e enfrentou os meninos.

— Deixem meu irmão em paz — ela ordenou. — Os meninos deram boas gargalhadas vendo aquela nanica tentando defender o irmão.

— E como pretende fazer isso? Atirando suas tranças azuis contra nós? — perguntou o maior deles.

— Pode ser, se é isso que você quer.

Tudo aconteceu tão depressa que os meninos não conseguiam chegar a uma conclusão do que realmente havia ocorrido. Eles juravam para a madre superiora, quando foram parar na sala da coordenadora, que Gabrielle havia atirado neles com arco e flecha feitos de seus cabelos. Alguns deles ainda mostraram as marcas pelo corpo.

No dia seguinte, a escola inteira ria dos meninos, que passaram a noite acordados tentando imaginar como é que ela tinha feito aquilo.

Outra vez o vovô Valdir teve que passar uns dias na casa da filha. A vovó tinha viajado para a casa da tia Maria, que morava em Cuiabá, e como ele tinha sofrido um acidente, precisava de ajuda com o andador até que se recuperasse.

Na primeira noite em que o avô estava dormindo ali, Gabrielle foi até o quarto e tocou em sua perna machucada, até que o avô parasse de gemer; ela imaginou que ele estivesse dormindo, mas estava enganada. O avô fez um escândalo, acordando toda a casa; feliz e saltitante, não sentia nenhuma dor e gritava que a neta tinha "mãos de anjo". Gabrielle estava muito encrencada. Não foi fácil convencer o avô a esconder seu "segredinho".

Na escola, Gabrielle não pôde mais aprontar das suas ou seria "convidada" a deixar de frequentá-la; os outros meninos tinham medo dela e os boatos começaram a se espalhar, até que chegaram aos ouvidos de um repórter da cidade.

Certa vez, José voltou para casa do trabalho no meio da tarde, o que era estranho, pois ele sempre chegava bem mais tarde. Trazia um jornal nas mãos e seu semblante era de preocupação.

Eloá pediu para que a filha fosse tomar um banho, queria ter uma conversa a sós com José, certamente para saber o motivo de o marido ter voltado tão cedo do trabalho.

Gabrielle sabia que o banho não a afastaria da conversa, achou melhor fazer o que a mãe pediu. Ela podia ouvir qualquer conversa que quisesse, bastava tocar a água com as mãos e fechar os olhos que podia ver perfeitamente os pais conversando. E o melhor de tudo é que ninguém a via.

— Que barulho é esse? — Gabrielle ouviu sua mãe perguntar. Logo ficou claro que um carro se aproximava da casa dos Acquamor.

— Deixa que eu vou ver, Eloá, fique aqui e não deixe Gabrielle sair — falou José.

Quem poderia estar à sua procura? Assim pensou Gabrielle, e fechou os olhos para ver um rapaz jovem; ele segurava um microfone na mão e estava acompanhado de dois homens que seguravam câmeras e holofotes. Não era ninguém que ela conhecia.

Assim que José abriu, o rapaz que forçava a entrada foi colocado para fora a pontapés, sem mesmo poder explicar o motivo de sua visita.

— É aqui que mora a menina arco-íris? Por favor, senhor, precisamos vê-la, o senhor não pode escondê-la para sempre. O mundo quer conhecê-la.

— Se você não for embora agora mesmo, o mundo vai cair na sua cabeça, meu rapaz, vou chamar a polícia.

Eloá e José não disseram nada, trancaram todas as portas e janelas e se sentaram à mesa para ler o jornal. Era o noticiário local e estampava na capa uma foto da filha, a "menina arco-íris". Gabrielle podia ver tudo e deu boas gargalhadas da imagem.

Juliana e Rafael voltaram da escola e não estavam nada satisfeitos com os últimos acontecimentos. Quando chegou a hora do almoço, havia um clima horrível no ar, mesmo assim Gabrielle se atreveu a perguntar.

— O que está acontecendo? Pai? Mãe?

— José e Eloá suspiraram e se entreolharam; pareceu uma eternidade até que José começasse a falar.

— Não está acontecendo nada, minha filha, não se preocupe, vamos todos ficar bem.

— Ficar bem? — retorquiu Juliana. — Quase caí da bicicleta tendo que desviar das pessoas que estão ali na rua, todos querendo saber da "menina arco-íris".

— É verdade — assentiu Rafael —, lá na escola só se falava disso e não sei por que vocês ainda acreditam que podem esconder as coisas que a Gabi faz.

Antes que José pudesse argumentar com os filhos, ouviram batidas na porta da frente.

— Eu abro! — gritou Juliana e saiu correndo em direção à entrada.

— Espere, filha — falou José logo em seguida e levantou-se juntamente com Eloá.

Rafael e Gabrielle se entreolharam, sorriram um para o outro e também correram para ver quem era.

Assim que a porta se abriu, tio Rubens entrou com o filho Gabriel em seus braços. Ana Paula, a tia, vinha logo em seguida e parecia igualmente aflita.

— Me ajude, Gabrielle, salve seu primo, ele está todo queimado.

O primo tinha desmaiado por causa da dor e foi colocado na cama de Rafael. Gabrielle foi até a cozinha, pegou uma bacia de água e pediu para que todos saíssem do quarto. Não demorou para que os primos saíssem correndo do quarto e "milagrosamente" não havia nenhum sinal de queimadura nos pés e pernas de Gabriel.

Tia Ana Paula veio abraçar a sobrinha, seu coração vibrava tanto que até as paredes da casa sentiram o tamanho de sua gratidão.

— Você é uma bênção, minha querida, só pode ter sido enviada por Deus! Muito obrigada.

Gabrielle ficou parada feito uma estátua, estava igualmente feliz e grata. Pela primeira vez na vida sentiu que podia fazer os outros felizes, era o que ela mais sonhava. Finalmente pôde brincar um dia inteiro com os primos Gabriel e Raquel, e junto com os irmãos Juliana e Rafael sentiu que aquele era, com certeza, o melhor dia da sua vida.

Já estava escuro quando os tios foram embora, jurando que não contariam a ninguém o ocorrido. Eles também concordaram que seria perigoso revelar os dons da sobrinha.

Desde então ela não parou mais e os anos foram passando, e sua fama aumentando cada vez mais.

Tantas conversas com a mãe sobre "guardar segredos"... Gabrielle não queria que nada desse errado e valia a pena se comportar para que seu primo João Vítor tivesse o melhor aniversário de todos. A festa seria na casa da tia Eliane, e ela sabia que estaria sendo "vigiada" de perto para que não aprontasse das suas.

CAPÍTULO TRÊS

O salto na ponte sobre o Rio das Mortes

Era um daqueles sábados perfeitos. O dia estava ensolarado e, com isso, a praia estava lotada de famílias. Os irmãos Acquamor passaram uma tarde incrível na ilha do sol, nadando e jogando vôlei na areia. Quando o sol se pôs, atravessaram o Rio das Mortes em seus caiaques e foram para casa aprontar-se para a festa de aniversário do primo João Vítor.

José achou melhor levar os filhos até a festa e os apanharia mais tarde. No caminho, Juliana, que estava calada o tempo todo, repentinamente falou:

— Eu vi a Gabrielle voando essa noite! Sei que não foi um sonho, eu estava voltando do banheiro e vi quando ela pousou na varanda.

José freou o carro e ficou petrificado. Não lhe ocorreu nada que pudesse dizer naquele momento. Então Juliana continuou:

— Não foi um sonho. Eu sei que você voa, Gabi, eu vi! E não me digam que eu estou ficando louca. Eu sei o que eu vi!

— Sim! É verdade, Ju, eu posso voar!

Se Gabrielle soubesse o que viria a acontecer, não teria dito nada. Ela já estava cansada de mentir e esconder seus segredos, principalmente dos irmãos, a quem amava e admirava tanto.

Os tios haviam preparado uma grande festa, Gabrielle se serviu de muitos docinhos e não saía do lado dos irmãos. Queriam aproveitar as férias para desfrutar ao máximo de suas companhias, sem contar que em breve ela iria para um lugar distante e totalmente desconhecido. A festa estava ótima, pensou Gabrielle, comendo seus docinhos enquanto observava o primo brincar com os amigos; ele se parecia muito com ela, gostava de cativar a atenção das pessoas e fazê-las felizes.

Gabrielle passou o melhor dia de sua vida. Cuidou de ficar um pouco afastada dos meninos que a provocavam, puxando seus cabelos azuis e citando seus "poderes" de curar as pessoas. Não queria estragar a festa do primo e deixar seus irmãos magoados. Por volta das onze horas da noite, os garotos já estavam ficando chateados e reclamaram que a festa estava ficando monótona. Tiveram que abaixar o volume do som e não demorou para que voltassem sua atenção para os irmãos Acquamor, que até aquela hora permaneciam juntos, conversando animadamente.

Um dos garotos passou perto de Gabrielle e jogou refrigerante em seu vestido. Ficou claro que era uma provocação. Rafael quis partir para cima do garoto, mas as irmãs o impediram, segurando-o uma de cada lado. Rafael teve um acesso de raiva, só conseguiu controlar-se com a ajuda das irmãs.

Gabrielle foi até o banheiro para tentar limpar o vestido e nem bem havia chegado lá, três garotas entraram e trancaram a porta atrás delas. Bem que ela havia imaginado que estava bom demais para ser verdade. A luz não estava clareando muito bem, havia uma certa penumbra ali; da torneira da pia caíam gotas de água lentamente. Uma das meninas tentou segurar Gabrielle.

Ninguém conseguiu entender o que havia acontecido quando as garotas passaram no meio da festa, totalmente molhadas e com seus vestidos rasgados. Gabrielle estava perfeitamente alinhada na companhia dos irmãos.

No dia seguinte era domingo, e a cidade inteira já sabia o que havia acontecido com a "menina arco-íris". José pediu que os irmãos não saíssem de casa para evitar novas confusões. Isso já está ficando "fora de controle", disse Eloá durante o café. E decidiram que aquele seria o dia perfeito para irem até o sítio, não era muito longe dali, também ficava às margens do Rio das Mortes, e poderiam aproveitar para tomar banho e pescar.

Foi uma péssima decisão.

Quando chegaram ao sítio e caíram na água, ouviram o barulho do motor de um barco se aproximando. Mesmo de longe Gabrielle pôde reconhecer as três meninas do episódio da festa do primo, elas não estavam sozinhas. Com elas havia mais quatro rapazes, que jogaram o barco para cima dos irmãos com a intensão clara de atingi-los.

Tudo aconteceu inesperadamente, e quando deu por si, Gabrielle estava sentada no barranco do Rio, com Rafael e Juliana a seu lado; o barco havia desaparecido.

Quando voltaram para casa, o delegado de polícia logo chegou na casa dos Acquamor, havia uma denúncia contra a "menina arco-íris". Os garotos afirmavam que seu barco havia sido jogado longe e, na queda, um deles havia quebrado o braço.

Naquela noite, ao se deitaram, Gabrielle pôde ouvir sua mãe chorando e aquilo era a pior coisa do mundo para ela. Tudo o que ela queria era fazer as pessoas felizes, porém tudo sempre dava errado, muito errado mesmo.

Não conseguindo dormir, resolveu sair escondida como sempre fazia; espiava pelas janelas à procura de algo familiar, sempre tomando cuidado para que ninguém a visse.

Seguiu até o hospital espiando pelas janelas do primeiro andar, flutuou até o segundo e viu o garoto do episódio no sítio. Ele estava com o braço todo engessado e sentiu pena dele. Ele dormia tranquilamente e, ao seu lado, uma mulher estava sentada e debruçada sobre a cama.

Gabrielle ficou olhando aquela cena, desejando ardentemente que o menino ficasse bom logo, e não percebeu quando a mulher inesperadamente ergueu a cabeça e abriu os olhos, até enxergar a menina de cabelos azuis que flutuava do lado de fora da janela.

A mulher gritou e acordou o hospital inteiro. Gabrielle arregalou os olhos para todos os lados e, certificando-se de que ninguém mais a tinha visto, foi voando para casa.

Já era bem tarde quando ela finalmente pousou na varanda e percebeu que a porta estava entreaberta. Não poderia se arriscar a ser vista pelos irmãos, havia prometido a seus pais que eles nunca a veriam voar, não seria mais possível.

Juliana empurrou a porta e apareceu atrás dela. Seus olhos estavam arregalados e seu corpo tremia feito vara verde, como se tivesse visto um fantasma.

— Eu sabia! Você voa sim!

— Por favor, Ju, não conta pra mamãe, ela me fez prometer que eu não voaria mais.

— Você me ensina? Eu também quero voar! Me ensina, me ensina, por favor, daí não conto.

— Está bem, agora vamos dormir, amanhã eu te ensino.

Gabrielle só tinha 13 anos e parecia muito mais velha, não em tamanho, é claro. Ela era muito pequena para a idade, suas habilidades eram incríveis. Ela era feliz ali com a única família que conhecia, mas desde que era bebê se lembrava de falar a seus pais que não pertencia àquele lugar e que tinha que voltar para casa.

Como de costume, na segunda-feira José não conseguia sequer sair para trabalhar. Irritado, pegou uma vassoura e saiu histérico, tentando expulsar as pessoas que se aglomeravam em frente à sua casa.

— Fora! Fora! Nos deixem em paz!

As pessoas estavam desesperadas e gritavam coisas de todo tipo.

— Por favor, me ajude, senhor, deixe que a menina toque minhas feridas!

— José, José, não seja egoísta! Sua filha é uma bênção, você não pode impedi-la de cumprir sua missão.

— Já chega! — disse José, tentando argumentar com as pessoas; ao mesmo tempo percebeu que de nada adiantaria, eles estavam fora de controle. — Quero todos longe da minha casa em cinco minutos, ou chamo a polícia!

— Seu idiota! — alguém gritou do meio da multidão. — A polícia já está aqui!

— Não quero discussão! Vou chamar o exército se for preciso, estou no meu direito.

Uma pedra foi lançada de algum lugar e atingiu José no ombro, sua camisa ficou com um buraco e gotas de sangue escorreram de seu braço. Aquilo estava ficando perigoso. Correu para dentro de casa a tempo de ouvir as pedras caindo sobre o telhado e quebrando alguns vidros das janelas.

Eloá estava ficando apavorada e transferiu seu temor para os filhos, que se amontoaram no quarto de Rafael. Gabrielle era a única que não aparentava sentir medo algum, pelo contrário, ela tentava acalmar a todos.

— Já chega, Eloá! — disse José, tremendo e tentando ficar calmo para não assustar ainda mais as crianças. — Temos que fazer alguma coisa. Já sei! Vão se arrumar enquanto ligo para o Norberto, ele é o único em que podemos confiar agora.

— Arrumar para quê? — perguntou Rafael.

— Para viajar, é isso, nós vamos viajar!

— Viajar? Agora sim teremos férias!

— Isso mesmo, Ju, não era o que queriam fazer? Bem, agora vamos todos viajar! Andem depressa, o que estão esperando para arrumar as malas?

José estava tão nervoso e descontrolado como ninguém imaginaria vê-lo algum dia. Talvez por isso mesmo ninguém ousou contrariá-lo.

Vinte minutos e já estavam no barco de Norberto, que os levou até a ilha do sol, que ficava sob a ponte do Rio das Mortes, que ligava os dois lados da cidade. Esperariam ali até que escurecesse para que pudessem fugir da cidade sem serem vistos.

Foi um longo dia, as crianças se divertiram na areia da praia que ficava na ponta da ilha e Norberto se incumbiu de distraí-las ao máximo para que não ouvissem o barulho das pessoas enfurecidas que invadiam, destruíam e saqueavam tudo o que encontraram na casa dos Acquamor.

Eloá chorava e seu coração de mãe se alegrou ao imaginar o que poderia ter acontecido com seus filhos se não tivessem saído a tempo.

Quando a noite chegou, o motor do barco de Norberto não funcionou e teriam que passar a noite ali. A certa altura, Gabrielle chegou perto do pai e, vendo sua preocupação, tentou tranquilizá-lo.

— Papai, eu posso tirar a gente daqui. Me deixe fazer isso, por favor!

— Não, filha! Você ainda não entendeu que sempre que faz alguma coisa, algo de ruim acontece? Chega!

— Por favor, José — implorou Eloá ao marido —, deixe ela tentar. Quando o dia amanhecer será pior ainda... Quanto tempo acredita que ficaremos incógnitos aqui?

— Está bem, está bem, olhe lá o que vai fazer!

— Não se preocupe, papai, vou tirar todos daqui, vamos para o barco.

Norberto acordou Rafael e colocou nele um colete, entregando um para cada um dos Acquamor. Eloá, José e Gabrielle se acomodaram na proa e Norberto não entendia o plano da menina. Não havia nenhum remo no barco, como ela pretendia conduzi-lo?

Gabrielle tocou sua mão na água e um redemoinho se formou imediatamente. Assim que começou a envolver o barco, conduzia-o calmamente rio acima.

— Estamos subindo o rio? A praia fica para baixo — afirmou Norberto.

— Vamos despistá-los — disse a menina.

Não pararam uma única vez. A lua como testemunha e as águas do Rio das Mortes, e quando o dia amanheceu, chegaram à "Ilha do Coco", um lugar isolado e sem nenhum habitante. O local perfeito para abrigá-los até que pensassem no que fariam.

A cabana de pesca de Norberto tinha um único cômodo, era tudo de que precisavam naquele momento. Eloá pensou que tudo o que mais queria na vida estava ali, sua família reunida e dormindo abraçadinhos, tal qual um ninho. Mal sabia ela que seria a última vez que veria aquela cena.

Foi um longo e merecido sono, acordaram depois das quinze horas. O dia estava lindo. O barulho das águas do rio das Mortes, que batiam nas pedras, produzia um aviso de que alguma coisa excepcional estava para acontecer.

Norberto já havia providenciado alguns peixes e foi a melhor refeição que eles poderiam querer.

— Estão anunciando uma "caçada" à nossa família para hoje — disse Gabrielle em meio à refeição —, temos que ir embora daqui ou eles nos encontrarão.

— Como assim? — perguntou Norberto. — Como você pode saber disso? Aqui não tem rádio, TV ou internet.

— Eu posso ouvir. Na TV estão oferecendo uma recompensa para quem nos encontrar — disse sob o olhar amedrontado de todos.

— Eles nunca saberão onde estamos — disse José, tentando animar a todos.

Parecia que a calma voltava aos poucos a seus corações e acreditaram que ninguém os encontraria ali. Gabrielle queria acreditar nisso também; intimamente sabia que era impossível.

Quando a noite chegou, o céu estrelado deixava um caminho sobre as águas do rio das Mortes, e não demorou para que uma silhueta negra surgisse ao longe.

Eloá dormia com Rafael e Juliana em seus braços. José e Norberto arrumavam alguns anzóis na esperança de pegar alguns peixes para o café da manhã, e Gabrielle olhava fixamente para a silhueta, que ficava cada vez maior.

Não demorou para que os sons dos barcos se unissem àquele cenário amedrontador que se formava, e dentro de alguns instantes ficou claro de que se tratava dos seus perseguidores. O paraíso estava ameaçado. José e Norberto se deram conta da ameaça e correram até a cabana para acordar Eloá e as crianças.

— Eloá, acorde! — gritou José. — Tem gente chegando!

— O quê? Quem pode vir até aqui de noite?

— Não sei, não parece nada bom. Ande depressa, acorde os meninos!

A perseguição começou à meia-noite, os Acquamor se amontoaram no barco enquanto Norberto e Gabrielle os conduziam entre as pedras e a forte correnteza.

Os roncos dos motores cada vez mais próximos não podiam ser abafados pelo motor do barco de Norberto, ele não funcionava. Mais uma vez Gabrielle levou o barco na direção da frota que se aproximava e causava pânico em todos.

Deitados no chão do barco, Rafael e Juliana admiravam a destreza da irmã caçula ao desviar das pedras e das lanchas que se aproximavam. Holofotes foram ligados e um clarão trouxe luz àquela cena de horror que ameaçava a segurança da família Acquamor e de seu amigo Norberto.

Gabrielle olhou nos olhos de sua mãe e pôde sentir todo o seu temor. Fechou os olhos e desejou estar em segurança na ilha do sol, sob a ponte do rio das Mortes. Assim que os abriu, sentiu o barco tocando a areia da praia e toda aquela ameaça havia desaparecido.

Toda a ponte estremecia e os olhos arregalados só tinham uma direção: Gabrielle. A menina arco-íris.

— Como você fez isso, menina? — perguntou Norberto com um sorriso nos lábios.

— Eu só pensei o quanto seria bom estar aqui.

— Então quer dizer que é o seu pensamento que tem o poder de fazer coisas extraordinárias? O que mais você pode pensar?

O homem que fez essa pergunta saiu de trás do pilar da ponte onde estava escondido e ergueu o microfone para que todos pudessem ver que era um jornalista. Logo foi reconhecido, já o tinham visto na TV várias vezes.

— Qual de vocês é José Acquamor? — perguntou.

— Sou eu, mas não tenho nada a dizer, vá embora.

— Acho melhor que veja o que tenho filmado em minha câmera, então o senhor se decide sobre o que quer fazer — falou em tom pacato e desligou a câmera.

Alguma coisa no olhar e nos trejeitos do repórter fez com que José não tivesse uma reação intempestiva, ao contrário, andou calmamente e esperou até que as imagens começassem a surgir na tela da câmera.

Seu coração palpitava à medida em que acompanhava o vídeo, tendo Gabrielle como protagonista. Durante uns dois minutos, tudo parecia normal, até que de repente, Gabrielle flutuava no ar e buscava uma peteca que tinha ido parar em cima do telhado. Em outro trecho, tarde da noite, ela saía voando até desaparecer do alcance da câmera. Sob a luz da lua era possível ver asas transparentes que se moviam tão rápido quanto as asas de um beija-flor.

Em certo ponto, José fez sinal que já bastava de filmes e sentou-se na areia da ilha, desolado.

— Há quanto tempo o senhor está nos espionando?

— Há muito tempo, senhor. Mais de um ano, precisamente. Tenho muito material gravado aqui e se eu quiser vender isso, vale uma fortuna. Sem o depoimento de vocês, ainda podem dizer que é uma montagem e nós sabemos bem que é a mais pura verdade, não é mesmo?

José tinha que concordar ao menos com uma coisa: Sim, era tudo verdade, sua filha era cheia de poderes.

— Tenho que conversar com minha família antes de tomar qualquer decisão. Isso mudará nossas vidas para sempre.

— O senhor tem toda razão, veja bem: vocês poderão ficar milionários e, além disso, serão famosos no mundo inteiro. As pessoas virão de todos os lugares para ver a menina arco-íris. Sua filha é um verdadeiro pote de ouro, senhor!

Mesmo a alguma distância, Eloá ouvia toda a conversa e alguma coisa lhe dizia que algo estava errado, muito errado mesmo.

O repórter foi embora e disse que voltaria na manhã seguinte para que eles pudessem conversar à vontade.

Tomar banho no rio de madrugada foi uma das maiores aventuras dos irmãos Acquamor e ficaram exaustos. Sentaram-se na areia e observavam Norberto, que tentava consertar o motor do barco.

— Você ainda não me ensinou a voar — disse a certa altura, Juliana —, logo você pode ir embora e não vai cumprir sua promessa.

— Eu também quero! Se você ensinar a Ju, eu também quero aprender — protestou Rafael, imediatamente.

— Está bem! Então tem que ser agora.

— Agora? — perguntou Juliana, num misto de alegria e medo.

— Agora! Venham, vamos subir até a ponte e aproveitar que papai e mamãe estão conversando.

— Subir na ponte, como vamos fazer isso? — perguntou Rafael.

— Eu levo vocês até lá.

José e Eloá estavam tão envolvidos com a conversa que não perceberam o momento em que Gabrielle carregou os irmãos um a um para cima da ponte.

— Vão, pulem! É só fazer isso e sair voando!

— O quê? Claro que não! Você deve estar maluca! Se eu pular vou morrer afogada, esqueceu que não sei nadar? — perguntou Juliana.

— Não deve ser só isso, pular e voar — comentou Rafael —, se fosse só isso, todo mundo saberia voar.

— Lá em Étherys é assim, a gente pensa, sente e voa.

— Sente! Sente o quê? — perguntou Rafael.

— Que está voando, ora! — respondeu Gabrielle.

— Não tenho coragem! Eu não quero mais voar — dizia Juliana aflita, e se segurava no balaústre da ponte.

— Eu também não! Não sou maluco — afirmou Rafael.

— Está bem, seus medrosos, eu prometi que os faria voar, me deem as mãos e confiem em mim.

Rafael e Juliana se olharam e deram as mãos para a irmã. Não perceberam que assim que a tocaram, seus pés já não estavam no chão. Não demorou e eles estavam voando sobre o rio das mortes, e foi quando ouviram os gritos dos pais chamando por eles.

Quando pousaram na areia da praia, o dia estava amanhecendo e não era apenas o sol e os olhos de Rafael e Juliana que brilhavam além do normal, muitos holofotes acenderam ao mesmo tempo, surgindo de todos os lugares: de barcos parados, arbustos, das margens do rio e até pendurados na ponte. O show estava todo armado.

Diferente de todas as outras ocasiões, José e Eloá estavam de muito bom-humor. Obviamente acreditavam que ninguém faria nenhum mal a eles e a seus filhos, já que havia concordado em revelar tudo a respeito dos "poderes" de sua filha.

Como estava enganado.

Eloá parecia concordar intimamente, embora esse pensamento não a animasse nem um pouco.

Quando o dia amanheceu, a ilha do sol revelou o verdadeiro terror que desabava sobre a família Acquamor. As águas do rio das Mortes formavam ondas que pareciam querer alertá-los sobre o que viria a seguir. O vento forte soprava a água e a areia, e um grande redemoinho se formou.

Eloá tentava encontrar os filhos e, em meio àquela tempestade de vento e areia, conseguiu segurar nas mãos de Rafael e Gabrielle. Não avistava Juliana em lugar algum.

Gabrielle sentiu o medo tomar conta do coração de sua mãe; todo aquele temor tomou conta dela também. Não conseguia se concentrar para trazer a irmã de volta, tremia e revirava os olhos, e o calor que sempre sentia no peito quando visualizava algo que queria transformou seu coração em bloco de gelo.

Os gritos de José e Norberto seguiram por um longo tempo em meio à areia e o vento, e aos poucos o pânico tomou conta deles. Quando o vento se acalmou, viram um barco se aproximar. Era a polícia.

— Sr. José?

— Sim, nos ajudem, estamos à procura de minha filha Juliana, ela desapareceu.

— Ela foi levada daqui pelo jornalista e agora ela está sobre a ponte, se preparando para mostrar que sabe voar.

Faltava cinco minutos para as seis horas da manhã. O vento parou repentinamente, nenhuma folha se movia. As águas do rio das Mortes congelaram instantaneamente. Gabrielle desejou que seu coração não se partisse, e que o que sentiu fosse apenas um pesadelo.

Que barulho era aquele? Seriam as asas de um anjo batendo? Em seguida, uma suave gargalhada. Que tremor era aquele? A ponte estaria se desintegrando?

Passou mais um minuto, que pareceu interminável, até que ouviram alguma coisa cair atrás deles.

Eloá correu e tropeçou caindo no chão. Em seu olhar, uma camada de névoa a impediu de reconhecer o corpo sem vida de sua filha Juliana, que caiu sobre um enorme bloco de gelo.

Gabrielle sentiu toda a dor do coração da mãe, que parecia ter rachado ao meio. Sua vida de sonhos agora havia se transformado num horrível pesadelo, e ela foi puxada para dentro dele. Não suportou a dor e caiu inconsciente nos braços do irmão Rafael.

CAPÍTULO QUATRO

O pensador, o guardião e o portal do roncador

Gabrielle acordou sete dias depois. Estava no hospital. Seu pai, muito abatido, dormia sentado em uma cadeira no canto do quarto.

"Foi um pesadelo", disse para si mesma com firmeza. "Sonhei que a Ju pulou da ponte e morreu... Vou abrir meus olhos e tudo vai ser como antes."

De repente começou a ouvir uma voz ao longe que a chamava:

— Gabrielle! Gabrielle! Socorro! Venha me salvar... me ajude, preciso de você!

Imaginou que fosse sua irmã Juliana, embora sua voz não se parecesse nada com a dela. Era como ouvir o som da própria voz.

— Já vou! Estou indo — gritou Gabrielle —, espere Ju. — Sentou-se na cama de uma vez.

Estava presa a tubos e aparelhos, e tentou retirá-los o mais rápido que podia.

— Não faça isso, filha! — gritou José, despertando assustado.

— É a Ju, pai, ela está me chamando! Eu tenho que ir buscá-la.

Sentada na cama, Gabrielle sentiu como se todo o peso do planeta Terra estivesse sobre seus ombros. O quarto do hospital estava escuro, e ela pressentiu que não foi um pesadelo. O olhar de seu pai lhe dizia isso, sem a necessidade de nenhuma palavra. Sua irmã estava morta.

Gabrielle caiu para trás, seu corpo dolorido como se estivesse em frangalhos, e não mais só o seu coração.

Era tão estranho estar ali, nunca havia ficado doente antes. Nem mesmo um resfriado, e agora parecia que estava morrendo, até para respirar doía muito.

Tentou fechar os olhos como sempre fazia quando queria algo e imaginou que toda aquela dor desapareceria, só que desta vez não teve sucesso. A única imagem que lhe vinha à mente era de sua irmã caindo e sua mãe, perdendo toda a alegria em apenas um segundo.

José saiu do quarto e foi chamar o médico, estava aliviado. Sua filha recobrara os sentidos.

Gabrielle achou melhor voltar a dormir, não queria acordar nunca mais. Não pôde. Ouviu uma batida forte na janela do quarto. Quem poderia ser? Ela estava no segundo andar. Haveria outra pessoa voando em Nova Xavantina?

Era uma águia majestosa. Claramente olhava para ela, batia as asas e o bico na janela chamava sua atenção. Pensou que tinha caído no sono e estivesse sonhando. Mas a chegada de seu pai com o Dr. Edgar afastou essa possibilidade, já que a águia continuava ali.

Então veio a voz mais uma vez:

— Gabrielle! Preciso de você! Venha me salvar... estou no Deserto dos Sonhos Perdidos! Socorro!

José tentou afugentar a águia, ela continuava a bater as asas e o bico na janela ferozmente.

— Pai! — chamou Gabrielle em voz alta. — Tem uma águia na janela, e ela está me chamando para salvar a Ju, ela está no Deserto dos Sonhos Perdidos. Tenho que ir até lá!

— O quê? — perguntou o Dr. Edgar, olhando de forma estranha para José. — Ela está delirando, vou medir a febre. — Ele mediu e não havia febre alguma.

— E então, Dr.? — perguntou José, aflito.

— Está tudo bem, não há febre, ela só precisa ir para casa e se recuperar dessa tragédia. Só o tempo poderá ajudar agora, meu caro amigo, só o tempo.

Voltar para casa? Que casa? Estava toda destruída pela invasão das pessoas à procura de algum milagre, pensou Gabrielle.

Se eles a vissem agora, tão frágil e sem cor.

Tiveram que passar um tempo na casa da tia Eliane, até que José reconstruísse a casa com a ajuda de Norberto, o que levou alguns dias. Durante esse período, Gabrielle tentou fugir várias vezes; queria ir logo para casa, alguma coisa a chamava, embora não soubesse do que se tratava. Em seu inconsciente morava o desejo de reencontrar a irmã quando chegasse lá.

Finalmente a semana terminou, puderam voltar para casa. Gabrielle estava cheia de esperanças, ela imaginava que sua mãe pudesse se alegrar um pouco quando finalmente voltasse para lá.

O que não aconteceu.

Norberto fez um ótimo trabalho com os móveis e deixou a casa bem parecida com o que fora um dia, mas faltava o mais importante: a alegria e as gargalhadas da irmã que, no passado, enchiam aquela casa de felicidade.

Na primeira noite em seu quarto, sem a presença da irmã, Gabrielle pediu para que Rafael viesse dormir com ela. Ainda estavam conversando quando ouviram um som metálico, estranho e irreconhecível. Nada que tivessem ouvido antes, se parecia remotamente com aquele som.

O cachorro Pingo estava no canil, latiu um tempo e em seguida silenciou. Rafael sentou na cama, assustado.

— Mataram o Pingo!

— Para com isso, Rafa, silêncio que eu quero ouvir os passos...

— Passos? Não estou ouvindo nada, estou com medo...

Então bateram na porta três vezes. Ouviram os passos do pai descendo as escadas, ele foi até a cozinha e pegou alguma coisa na gaveta antes de gritar:

— Quem está aí? — gritou. — Vou chamar a polícia!

Por um tempo, o silêncio foi assustador. E em seguida todas as luzes da casa se acenderam de uma vez. A porta se abriu sozinha, e assim que Rafael e Gabrielle chegaram à cozinha, dois homens entraram na casa.

O primeiro deles era enorme, tinha cabelos verdes e desalinhados que se misturavam à barba, e lhe faltava metade da orelha esquerda. Apesar das roupas e do tamanho incomum, Gabrielle não sentiu medo dele; seu olhar para ela a tranquilizou.

O segundo homem a entrar era praticamente a metade do tamanho do primeiro, ele trazia um tubo em suas mãos. Os cabelos acinzentados e o olhar penetrante de um azul quase transparente pareciam ler a mente da menina, e ela sorriu para ele. Ele se curvou para José e lhe entregou o pergaminho que trazia consigo.

O som metálico foi desaparecendo aos poucos e sendo substituído pelos dentes de Rafael, que batiam apavorados.

— Pedi tanto a Deus para que esse dia nunca chegasse — disse José, reconhecendo a dupla que já tinha estado ali treze anos antes.

— O tempo não para, José — disse Aurélyus Néquilus.

— Viemos da parte do Rei Emanuel, do Reino de Étherys, senhor – falou o gigante Tratyrus, virando-se para encarar Gabrielle. — Estamos aqui para levá-la conosco. O futuro do nosso Reino depende de você!

— Como eu gostaria que isso fosse apenas um sonho. Já não chega todo o mal que nos causaram?

— Não foi fácil atravessar o portal, e estou um pouco cansado — comentou o homem de cabelos prateados.

Alguma coisa na voz de Aurélyus tranquilizava José, e ele os convidou a sentar-se. Foram até a sala e o sofá, que era enorme, quase que não foi suficiente para acomodar os dois.

— Estou aqui como Ministro da Verdade de Étherys. Medlor, o senhor do Medo voltou, e está transformando os etheryanos em seus escravos.

— E o que minha filha tem a ver com isso? — perguntou José, aflito.

— Pode parecer inacreditável até mesmo para nós — explicou Aurélyus —, porém não é só isso... O mesmo portal que trouxe os poderes até sua filha trouxeram o senhor do medo de volta à Étherys. São duas forças contrárias, duas energias que se libertaram da matriz divina. Somente uma pode destruir a outra. Somente sua filha poderá vencer o senhor do medo.

Gabrielle sempre quis ir para Étherys. Desde menina que conversava com Melo e se preparava para "voltar para casa". Naquele momento alguma coisa retirava dela toda sua vontade, e ela estava disposta a lutar, se fosse preciso, para continuar na Terra junto com sua mãe. Ela precisava muito dela naquele momento e não pretendia abandoná-la. Aproximando-se do homem de cabelos verdes, perguntou-lhe:

— Quem é você?

O gigante esboçou um sorriso e se ajoelhou em frente à Gabrielle.

— É verdade, não nos apresentamos. Sou Tratyrus, Guardião da Chave Verittas, ou melhor, Verdade para vocês, aqui na Terra. — Baixou a cabeça e permaneceu assim até que o Professor começou a falar.

— Sou o Professor Aurélyus Néquilus, conselheiro do Rei Emanuel e Professor em Kaibalyon, Gabrielle.

— Kaibalyon? — perguntou Gabrielle, curiosa. — O que é Kaibalyon?

— É a Escola do Herói Aprendiz, onde os etheryanos ingressam aos quatorze anos para aprender a arte das armas e dos enigmas, e dar início à expansão de consciência, sem os quais não conseguirão materializar seus sonhos.

Em seguida, virou-se para José, que ouvia a tudo, incrédulo.

— Por favor, senhor, leia o pergaminho.

José curvou-se para o pergaminho que segurava em suas mãos; não teve tempo de abri-lo. Um som metálico assustador pegou a todos de surpresa. Ele vinha do andar superior da casa, onde Eloá dormia um sono pesado, sob efeito de remédios.

— Meu Morphys! — gritou Aurélyus, enquanto Tratyrus ficava de pé em um pulo só. — Eles estão aqui, eles nos seguiram!

— Quem está aqui? — perguntou José, apavorado e já correndo para as escadas que levavam ao segundo andar.

— Ladrões de Sonhos! Só podem ser eles! Espere José, você não pode enfrentar os Ladrões de Sonhos!

José não ouvia nada, subiu as escadas rapidamente e, quando Gabrielle e Tratyrus chegaram lá, se depararam com uma cena de horror. José estava caído no chão da sacada, com um ferimento de morte em sua cabeça, e Eloá havia desaparecido.

— Sinto muito, Gabrielle — falou aos prantos o Guardião Tratyrus, virando-se para ela, que tinha os olhos para fora das órbitas.

— Sente muito? — gritou Gabrielle, virando-se para encarar o Professor Aurélyus, que estava abraçado a Rafael. — Sente muito? Eu sabia que não era deste mundo, nunca pensei que eu era do inferno! Essa é minha vida agora, um verdadeiro inferno e esses poderes que todos dizem que eu tenho são uma maldição! Eu não os quero, tirem isso de mim!

— Não! — gritou Rafael. — Você não pode desistir agora, minha irmã. Sempre soube que não era daqui, e agora é a sua hora. Você terá que aceitar o seu destino e buscar nossa mãe. Acho que já está na hora de você ler o pergaminho.

Gabrielle recebeu o pergaminho das mãos do irmão, que o havia recolhido do chão, junto ao corpo de seu pai, e puxou o cordão para poder lê-lo.

PALÁCIO DE ÉTHERYS

Vossa Majestade: REI EMANUEL

Cara Sta. Gabrielle Acquamor,

Tenho o prazer de convidá-la para o Ritual dos Animais-Guias, que deverá preceder ao seu ingresso na Escola do Herói Aprendiz. O Professor Aurélyus Néquilus a acompanhará até a Matriz Divina para resgatar as sementes de sonhos necessárias.

O ano de sabedoria é no início do Verileu, e para que recupere os ensinamentos perdidos dos primeiros dois níveis de consciência, deverá frequentar uma vez por semana o Oráculum.

Esteja preparada para ir até a Serra do Roncador no dia 11 de novembro, às 11 horas da manhã em ponto. O Portal se abrirá e se fechará em sete minutos. Contamos com você para resgatar a chave da verdade.

Infinitamente,

Rei Emanuel

Um milhão de perguntas borbulhavam na cabeça de Gabrielle, e era difícil decidir o que perguntaria primeiro. Passado algum tempo, decidiu que não era hora de perguntas, tinha que ajudar seu irmão com os preparativos para o enterro de seu pai. O dia 11 seria dali a uma semana.

Desceu as escadas em silêncio, ligou para os amigos Edgar e Ana, para seus tios Rubens e Eliane, e para o amigo Norberto. Eles saberiam o que fazer para ajudar.

Passados dois dias do enterro de seu pai, Gabrielle sentou-se com seu irmão, tentando convencê-lo a ir morar com os tios até que atingisse a maioridade. Ele não aceitou. Decidiu que ficaria ali mesmo, na casa que conhecia e que era da família.

Gabrielle teve a impressão, durante aquela longa conversa, de que o irmão tinha amadurecido repentinamente, parecia ter se tornado um homem da noite para o dia, e caberia a ele — a partir dali — o sacrifício de ficar para trás e cuidar das coisas da família.

Já era hora de esclarecer ao menos algumas dúvidas que povoavam seus pensamentos. Naquela noite, sentou-se com o Professor Aurélyus e com o Guardião Sécryfus, a fim de esclarecê-las.

— O que aconteceu? — perguntou Gabrielle, não escondendo a ansiedade. Sua tristeza aos poucos dava lugar à raiva, e isso estava claro no olhar que lançou aos dois homens sentados à sua frente.

— Até mesmo para nós, de Étherys, é difícil explicar — começou dizendo Aurélyus. — Quando o Rei Emanuel me designou para a tarefa de vir resgatá-la, eu não sabia que corríamos o risco de trazer os ajudantes de Medlor conosco.

— Não foi isso que perguntei. Quero saber por que eu tenho todos esses poderes e, se sou de Étherys, como posso ter vindo parar aqui na Terra?

— Não sei se vou conseguir lhe explicar tudo, minha cara, o que sabemos é que tanto Eloá, aqui na Terra, quanto Verena em Étherys, usaram o mesmo ritual para materializar o sonho de serem mães. E foi no dia e hora em que o portal 11:11 se abriu que os poderes da "nossa" Gabrielle vieram até você.

— E quanto a Medlor? Por que sou a única que pode enfrentá-lo?

— Por que quando criamos algo usando o ritual, criamos também sua força contrária. É por isso que temos que ter muito cuidado ao materializar sonhos. Verena usou um pergaminho proibido, e tudo o que imaginou de positivo também foi materializado sob a forma de sua equivalente contrária. Essa energia contrária quebrou o encantamento que mantinha Medlor isolado de Étherys, e permitiu que ele voltasse.

— Quem é esse Medlor, e por que o chamam de Senhor do Medo?

— Caramba, garota, como você faz perguntas difíceis! Vamos lá, vou tentar te explicar com a linguagem aqui da Terra, do contrário, acho que não entenderia — falou Aurélyus. — Houve um tempo que um etheryano percebeu que, do jeito que ele sonhava, todos os seus sonhos se materializavam, então ele escreveu seu ritual em pergaminhos para ensinar aos outros. Durante muito tempo, o Reino viveu um período de muita paz e prosperidade.

— Mas isso é maravilhoso! — exclamou Gabrielle.

— Sim, mas então apareceu um etheryano que tinha sonhos muito além dos que precisava para ser feliz, e começou a roubar os sonhos dos outros. A partir daí ele foi ficando muito ganancioso, egoísta e malvado.

— Isso não é nada bom...

— E então ele conseguiu roubar um dos pergaminhos e se apoderou do ritual do fogo para tornar escravos aos que não tinham sonhos, ou paravam de sonhar. E não demorou para começar seu exército e chegar à Étherys. Só quando o pergaminho que ele havia roubado foi encontrado por Hannabela Lanzabel é que foi possível criar o encantamento que o manteve afastado, até que o portal 11:11 o trouxe de volta.

— Se ele já está de volta há quatorze anos, por que ainda não tomou Étherys?

— Acreditamos que o seu poder cresce à medida em que os seus crescem. Você é a sua energia contrária.

— Então por que devo crescer, se com isso eu devolvo o poder a ele?

— Se ele encontrar o pergaminho novamente ou roubar as outras chaves que estão sob os cuidados dos Guardiões, ele poderá acessar o reservatório de sonhos de uma só vez e tomá-los para si, escravizando todos os etheryanos para sempre.

— Chave, agora me lembro que o Rei fala de uma chave roubada. Foi a sua chave que foi roubada, Guardião? — questionou, olhando para Tratyrus.

— Sim, e não descansarei um único dia até encontrá-la.

— Agora me lembro, a Chave da Verdade, não é?

— Sim, nós a chamamos de Verittas, para vocês aqui é a Verdade. Precisamos ajudar o Rei no resgate dessa chave, ou o exército de Medlor poderá atacar até conseguir todas as chaves. Ele conta com várias tropas espalhadas pelo Reino, sob o comando de seus Generais.

— Tropas, generais? De que generais você está falando?

— Até agora temos conhecimento de cinco deles, já ouvimos dizer que tem um sexto general a caminho, e aí seu exército de terror estará completo.

— Estará completo quando o sexto general aparecer?

— Sim, e cada um deles tem o poder de espalhar os maiores medos dos etheryanos...

— Quais medos? Como assim?

— O General Morteen foi o primeiro a surgir, onde ele passa deixa um rastro de sangue e destruição. Ele é impiedoso até mesmo com os pequenos. O segundo a aparecer foi Senectum, e se olhar direto em seus olhos, ele rouba toda a sua juventude, deixando o etheryano com aparência de morte, o que não demora muito a acontecer.

Libydum foi o terceiro a surgir, com ele veio o sumiço de muitos etheryanos que não foram mais encontrados. Muitas famílias choram a perda de seus filhos.

— Quais os outros generais a aparecer?

— O quarto general é chamado de Morbus. Ele espalha a doença e a peste, não só nos etheryanos, mas em tudo o que é vivo.

— Ainda estão faltando dois generais, qual é o quinto que chegou à Étherys?

— É Incognitus, foi na chegada dele que as coisas ficaram muito confusas. O desconhecido amedronta a todos e tem impedido os etheryanos de voltar a sonhar. O sexto general ainda não apareceu. O Rei teme que seja o portador da tristeza e da solidão, o que comprometeria ainda mais o equilíbrio do Reino, que depende da felicidade estável para prosseguir sonhando.

— Não quero tomar o lugar de ninguém, quero salvar minha mãe das garras do Senhor do Medo. Minha mãe é Eloá, e eu vou buscá-la para trazê-la de volta.

— Isso significa que você aceitou ir conosco à Étherys?

— Sim, com algumas condições.

— Não podemos lhe conceder nada sem a permissão do Rei Emanuel, mas lhe dou minha palavra de que, se ao chegarmos em Étherys não conseguir o que deseja para prosseguir, eu mesmo a trarei de volta. Agora temos que nos preparar para a jornada de volta à Étherys. Aproveite para despedir-se de sua família.

— Família? — perguntou Gabrielle ao Professor Aurélyus.

— Me perdoe. De seu irmão...

O último dia de Gabrielle na companhia do irmão Rafael foi bastante divertido. Ela sabia que, apesar de tentar esconder ao máximo o que sentia, o irmão estava apavorado com a eminência de ficar sozinho em casa, quer dizer, sozinho na Terra, já que sua irmã Juliana e seu pai José estavam mortos, sua mãe havia sido sequestrada pelo Senhor do Medo e levada para outro universo e sua irmã, tão jovem ainda, iria embora no dia seguinte. Ele até que disfarçou bem. Os tios Eliane e Rubens, bem como o amigo Norberto, prometeram à Gabrielle que cuidariam dele na sua ausência. E ela confiava neles, o que a deixou mais tranquila.

À noite, Gabrielle releu outra vez o pergaminho. Ela se perguntava sobre o que seria o tal "ritual de Animais-Guias" e se lembrou que esqueceu de perguntar aos Professor Aurélyus. Bem que Melo poderia aparecer para tirar suas dúvidas, mas quando pensava nisso, sentia que seu coração acelerava.

Eram cinco horas da manhã quando alguém tocou em seu braço. Era Tratyrus, ele fez sinal para que não fizessem barulho para não acordar Rafael. Gabrielle concordou com ele, seria muito difícil despedir-se do irmão. Saíram pé ante pé para não acordar os tios, que também dormiam na casa.

Encontraram o Professor Aurélyus, que fazia um ritual estranho no jardim. Dava pra ver um infinito translúcido ao seu redor, como se fosse uma corda luminosa. Quando se aproximaram, Tratyrus e Gabrielle sentiram a força que vinha do infinito e os puxava para o Professor Aurélyus, que lhes segurou pelas mãos.

Quando abriu os olhos, os três estavam à beira de uma estrada aos pés da Serra do Roncador, onde tantas vezes ela havia estado com seu tio Rubens e seu irmão Rafael, à procura da entrada para a cidade perdida de Atlântida.

— Professor... como vamos encontrar o Portal? O Senhor sabe onde ele fica?

— Não se preocupe. Na hora certa o Portal se abrirá para nós, é ele que nos encontrará. Vamos! Temos que subir a serra!

— Subir a serra? O seu ritual não podia ter nos deixado no topo?

O Professor Aurélyus e o Guardião Tratyrus se entreolharam e deram boas gargalhadas, o que deixou Gabrielle muito irritada.

— Será que podem me dar alguma explicação?

Os dois apenas resmungaram alguma coisa entre eles e deram início à caminhada. Gabrielle supôs que teria de segui-los, ou logo o movimento de caminhoneiros começaria e sua tranquilidade chegaria ao fim.

— Muito obrigada pela explicação! — E já ia iniciando a caminhada quando o Professor Aurélyus disse:

— Você faz muitas perguntas, terá que aprender a encontrar as respostas sozinha.

— Como vou encontrar respostas sozinha? Tudo o que sei sobre Étherys é sobre o que Melo me contava, e não foi muita coisa. Onde fica esse Reino, afinal? Por que temos que subir a Serra do Roncador? Seus poderes já acabaram, Professor?

— Você deveria respeitar o Professor — avisou o Guardião Sécryfus. — Ao invés disso, aproveita para aprender a primeira lição de Étherys.

— Lição, que lição? Como escalar uma serra? Eu sei como fazer isso. Já estive aqui inúmeras vezes. Conheço este lugar muito mais do que vocês pensam.

— É mesmo? — perguntou o Professor. — Nesse caso, é melhor que seja nossa guia. Vamos, passe à frente que iremos segui-la com muita boa vontade.

Meio a contragosto, Gabrielle apertou o passo e logo estava à frente dos dois. Quando deixaram o platô para trás e deram início à escalada, o sol já estava surgindo e iluminou toda a relva, de onde um belo arco-íris surgiu.

— Se o Portal vai se abrir às 11:11 da manhã, por que tivemos que vir tão cedo? Em uma hora no máximo já estaremos no topo, o que faremos no restante do tempo?

Outra vez os dois se entreolharam, desta vez, porém, não esboçaram nenhum sorriso, apenas o silêncio.

O dia estava perfeito, o vento suave e uma brisa contribuiu para que a subida transcorresse sem transtornos. Conforme Gabrielle havia dito, em menos de uma hora já haviam alcançado o topo da serra. Ela olhou para os dois com uma expressão do tipo, "eu não falei?". Os dois sentaram e fecharam os olhos. *Seria algum ritual?* Perguntou-se Gabrielle. *Devo participar?* Decidiu apenas fechar os olhos e aproveitar o vento, que ali no topo era bem mais forte e refrescante.

Não aguentou ficar com os olhos fechados muito tempo, decidiu que já era hora de abri-los.

— Que droga é essa? Como assim? Como vim parar aqui?

Gabrielle estava outra vez ao pé da serra, e se quisesse chegar ao topo deveria subi-la outra vez. Ainda não estava cansada e começou logo. Sua raiva aumentava à medida que subia, e não demorou para que levasse o primeiro escorregão, que quase a levou ladeira abaixo. Conseguiu se segurar nos arbustos e prosseguiu, tomando mais cuidado. Quando chegou ao topo, encontrou o Professor e o Guardião dando gargalhadas.

— O que houve? Já acabaram suas forças? Desta vez você demorou mais de uma hora para subir.

— O que foi que vocês fizeram? Como eu fui parar lá embaixo? Isso é uma brincadeira de mau gosto. Fiquem sabendo que eu....

Lá estava ela mais uma vez ao pé da serra e teria que subir outra vez. O que demorou um tempo para decidir. Nada a impedia de voltar para casa e ficar ali, na Terra, com seu irmão. E sua mãe? Onde estaria? Quem a salvaria do Senhor do Medo? Ela teria que ir à Étherys e descobrir. Mais duas horas e estava chegando pela terceira vez ao topo da serra. Desta vez não riram dela, ficaram em silêncio e a convidaram a sentar-se com eles. O sol denunciava que já era hora do almoço, e seu estômago não discordou: fazia um barulho semelhante ao ronco do vento que dera nome ao lugar.

Comeu uma fruta que recebeu de Sécryfus, deitou-se à sombra de um arbusto e adormeceu. Gabrielle acordou às onze horas e viu que faltavam apenas alguns minutos para que o portal se abrisse. Ficou nervosa e excitada ao mesmo tempo. Sobre o arbusto estava um vestido estranho, um tecido que ela não conhecia. Só poderia ser para ela, então o vestiu; mudava de cor quando o sol incidia seus raios sobre ele. Talvez ela não pudesse passar pelo portal se estivesse usando vestes da Terra, pensou. Não gostou muito do vestido, era muito comprido para ela. Procurou Aurélyus e Sécryfus, e viu que eles estavam andando numa espécie de círculo, pronunciando palavras estranhas que ela não conhecia.

Gabrielle sentiu a boca seca, como se a água de seu corpo estivesse indo embora. O que iria acontecer? Estava começando a sentir alguma coisa estranha, como se uma presença estivesse ali. Mas não havia nada. O ronco da Serra, provocado pelo vento, cessou e deu lugar ao som metálico que deixava sua boca com gosto de cabo de guarda-chuva.

Desesperada, Gabrielle percebeu que pedras começaram a se soltar do chão, e flutuavam na sua frente, sem emitir um único ruído. Apenas o gosto metálico na boca aumentava e seu coração acelerava. Em seguida, as pedras começaram a tomar forma, como se alguém as tivesse colocando uma sobre as outras, e não demorou para que um Portal surgisse à sua frente. Gabrielle tentou de todas as maneiras não entrar em pânico. Sabia que a hora estava chegando. O Professor Aurélyus e Tratyrus se aproximaram dela e a seguraram pela mão.

Esperaram alguns instantes e uma espécie de espelho surgiu diante deles; era opaco e não dava para ver nada do outro lado do Portal. Gabrielle sentiu sua mão sendo apertada com mais força pelos dois etheryanos. O espelho se transformou, e aos poucos desapareceu, deixando visível um mundo completamente diferente, furta-cor, e com uma luz que quase a cegou. Ao longe podia avistar um castelo todo feito de vidro. Seu coração saltava no peito, Gabrielle seguiu com eles e atravessou o Portal, que se fechou no mesmo instante atrás deles.

CAPÍTULO CINCO

A matriz divina

Gabrielle não se sentiu bem durante a travessia e fechou os olhos. Era como se tivesse sido separada em milhões de partículas, que se juntaram novamente. Embora soubesse que não estava mais na Terra, continuou com os olhos bem fechados.

— Devo estar dentro de um pesadelo — disse em voz alta —, acabo de atravessar um portal na companhia de um sábio e de um Guardião da verdade que perdeu a chave. Espero encontrar logo minha mãe e voltar depressa para casa.

Quando abriu os olhos, estava em Étherys.

Tudo era muito claro e brilhante. Seu coração parecia ter aumentado de tamanho e, não aguentando tanta claridade nos olhos, fechou-os mais uma vez. Se era um sonho ou um pesadelo ela ainda não podia dizer. definitivamente era real.

De repente ouviu um som alto, como de fogos de artifício, mas sem o estouro inicial.

Tsisssssssssss! Tsisssssssssss! Tsisssssssssss!

— Que som estranho é esse, Professor Aurélyus? — perguntou.

— São os lúmens dando-nos as boas-vindas.

Gabrielle sentiu uma leve tontura e decidiu sentar-se no chão. Deixou o corpo escorregar e, quando tocou o chão, percebeu que estava sobre uma espécie de cama de luz que havia surgido repentinamente, a fim de receber seu corpo cansado.

O Reino de Étherys era inundado de tanta luz que Gabrielle só viu a coruja que chegou e entregou um pergaminho ao professor Aurélyus, quando ela já havia pousado em seu ombro.

— Olá Ventúria! — disse o professor quando a coruja lhe entregou o pergaminho.

— Ventúria? — perguntou Gabrielle ao Guardião Tratyrus.

— É o animal-guia do professor Aurélyus, logo você também terá o seu próprio animal-guia.

— Quê? Vou ter que cuidar de um animal aqui? Não me disseram nada sobre isso!

— Não se preocupe, é mais o contrário disso, o animal-guia é que cuida de nós.

— É melhor irmos depressa, Tratyrus, ainda temos muito o que fazer hoje — falou o professor enquanto enrolava o pergaminho que Ventúria trouxera. — Temos que ir ao castelo e nos reunir com os membros da Ordem da Consciência, e depois levar Gabrielle até a Matriz divina.

— Tratyrus? Não... — Gabrielle chamou a atenção do Guardião e foi interrompida antes que completasse a pergunta.

— Não se preocupe. Seguiremos com você até lá.

— Não é isso! Quero saber como iremos até o castelo, não vão querer que eu caminhe até lá, não é mesmo?

— Não se preocupe com isso — disse Tratyrus enquanto arrumava seu escudo às costas e se levantava de sua cama de luz. — Chegaremos lá num piscar de lúmens.

— Lúmens?

— É, por isso que Étherys é tão iluminada, são os lúmens que deixam tudo assim. Bem diferente da Terra, não é mesmo? Não se preocupe com eles, são a energia de Étherys. Os lúmens são bons e servem para tudo que precisar. Gostou da cama?

— Sim, gostei muito.

— Então, os lúmens sabem do que precisamos e se fundem para nos ajudar.

— Você ainda não me respondeu. Como vamos chegar até o castelo? — perguntou Gabrielle, olhando para todos os lados. — Não vi nenhum carro aqui.

— Carro?

— É... vocês não vão querer me fazer andar outra vez? Estou cansada e enjoada. Intimamente Gabrielle esperava não ter que atravessar outro portal.

— Não lhe parece um desperdício de energia os homens ainda se locomoverem através de carros e aviões? — disse Aurélyus, lançando à Gabrielle um olhar de esguelha, como se observasse sua reação.

— E como é que vocês se locomovem aqui? — indagou olhando para o professor e em seguida para o guardião. — Ahh não! Não me digam que...

— Portais, é claro! — disse Tratyrus, com satisfação. — Não entendo os homens. Ainda não aprenderam a usar o teletransporte...

— Claro! — falou Gabrielle. — Eu deveria ter imaginado. O professor Aurélyus juntou outra vez os dedos polegares e indicadores formando um infinito, e pronunciou as palavras: "castelo de Étherys", e o portal abriu-se instantaneamente.

— Quer me dizer que se os homens quisessem, não precisariam usar carros e outros meios para se locomoverem? — perguntou Gabrielle.

— Claro! Só é preciso expandir a consciência e conhecer o caminho para onde se deseja ir.

Gabrielle ainda estava tentando imaginar tal possibilidade quando abriu os olhos e estava em frente ao castelo. Seu brilho era tão intenso que ela levou um tempo até se acostumar. Seus olhos piscavam e ardiam com tanta luminosidade. Achou melhor continuar a segurar a mão do Professor Aurélyus para não correr o risco de se perder.

Atravessaram a ponte sobre um fosso de águas transparentes no qual se podia ver o fundo, o castelo não tocava o chão, ele flutuava. O castelo de Étherys não se parecia com nada que Gabrielle tinha em sua imaginação. Tudo era feito de luz. Gabrielle se perguntava se aquilo era realmente verdade ou apenas um sonho? Não seria talvez uma grande peça que Melo tinha lhe pregado? Gabrielle se lembrava de outras vezes em que ele a fizera ver coisas tão reais e tudo sumia como uma miragem. Não, Melo não tinha feito aquilo, era real e teria que confiar em seus protetores, sentia isso.

— É aqui — disse Tratyrus, parando no enorme salão que tinham acabado de entrar. — Este é o grande salão do castelo, o rei logo virá para conhecê-la. — Apontou para uma imagem do rei em uma das paredes do salão.

Se Tratyrus não a tivesse apontado, Gabrielle nem teria reparado que a imagem do rei estava ali, tamanha a perplexidade e admiração com que olhava para todo aquele brilho. Muitos serviçais e alguns guardas circulavam apressados para lá e para cá, e quando se davam conta de quem estava ali, no meio do salão, não demonstravam nenhuma satisfação, ao contrário, o olhar que eles lançavam sobre a menina parecia pouco amigável.

Um portal se abriu em uma das laterais e os olhos de Gabrielle correram para seu interior. Lá dentro pôde ver uma grande quantidade de livros e pergaminhos, mas só conseguiu espiar um dos lados do cômodo, pois logo o portal se fechou e um homem manco vinha na direção deles. Ele tinha os cabelos da mesma cor do Professor Aurélyus, e Gabrielle deduziu que era morador de Étherys. Ao se aproximar dos três, bateu um cajado no chão três vezes e curvou-se para o Professor Aurélyus.

— Vossa majestade vos aguarda, Professor Aurélyus! Como foi a viagem?

— Estamos bem, meu caro Adalton, não queremos nos demorar, pode nos levar logo à presença do rei Emanuel?

— Claro, claro! Sigam-me.

Quando entraram no salão oval, Gabrielle teve a sensação de que estava em casa. Ao redor de uma grande mesa ao centro, estava um casal; eram a cópia perfeita de seus pais, Eloá e José Acquamor. A única diferença eram seus cabelos azul-escuros e suas vestes. Gabrielle não tinha olhos para mais ninguém, acreditou que havia morrido e havia chegado ao céu.

Outras duas pessoas sentadas ali se pareciam muito, muito mesmo com suas tias Eliane e Ana; seus gestos e seus olhares diziam que não eram as mesmas pessoas. O que estava acontecendo, afinal? Que lugar era aquele?

Antes mesmo que pudesse perguntar sobre isso, Tratyrus a tomou pelo braço e a levou para perto do Rei e da Rainha de Étherys. Gabrielle ficou encantada com o sorriso e olhar que recebeu de ambos, seguidos de um forte abraço.

— Seja bem-vinda à Étherys, Gabrielle! Que bom que aceitou nosso convite de juntar-se a nós na batalha contra o exército de Medlor.

Conforme fora instruída a fazer anteriormente pelo professor Aurélyus, Gabrielle curvou-se diante do rei e da rainha de Étherys. O Rei aparentava uns 40 anos de idade, era alto, não tanto quanto Tratyrus, que era com certeza o maior da sala. Sua pele clara e olhos azuis combinavam perfeitamente com seus cabelos prateados e uma cicatriz de batalha no queixo, que aparecia mesmo com a barba grossa e muito bem cuidada. A coroa que ele tinha na cabeça possuía alguns símbolos que lembravam os elementos da natureza; o maior de todos tinha a forma de um infinito e ficava na parte superior da coroa.

A rainha Felícia era a expressão da bondade, parecia muito amável e simpática, e seu olhar tranquilizou o coração de Gabrielle que parecia querer saltar para fora do peito. Seus cabelos azul-escuros, iguais aos de Verena e Acácio, indicavam que ela deveria ser do Condado de Aquor, como lhe havia explicado o Guardião Tratyrus.

— Vossa Majestade — inclinou-se Gabrielle. — Tudo o que desejo é libertar minha mãe das garras desse maldito Medlor. Ela precisa voltar para casa.

— Tudo a seu tempo... tudo a seu tempo — respondeu calmamente o Rei Emanuel. Já convoquei Robin Krattus, o ministro dos Sonhos, para decidirmos sobre o que fazer. Agora quero lhe apresentar aos membros da Ordem da Consciência.

Bem que Gabrielle tentou permanecer calada enquanto era conduzida até a mesa, mas era difícil, ela tinha muitas e urgentes perguntas que gostaria de esclarecer.

— Aqui tem um Ministério dos Sonhos? — perguntou Gabrielle, não conseguindo se conter.

— Claro. É um dos ministérios mais importantes de Étherys. Aos poucos terá conhecimento de todos os ministérios.

— Todos? Quantos ministérios existem? E para que servem?

— Só vou lhe falar os ministérios que existem, e você escolherá um apenas para perguntar o que ele faz. Combinado?

— Combinado.

— Bem, além do Ministério dos Sonhos, temos também o Ministério da Verdade, o Ministério da Consciência e o Ministério da Felicidade.

— Uau! Para que serve o Ministério da Felicidade?

— Bom, a principal tarefa é cuidar para que o IFIB — Índice de Felicidade Interna Bruta do Reino — se mantenha em níveis estáveis.

— Por quê?

— Ora, Gabrielle, todos os etheryanos querem ser felizes e merecem isso. Com a ameaça de Medlor e os Ladrões de Sonhos, não tem sido fácil manter o IFIB em níveis estáveis. Venha, deixe-me apresentá-la à Ministra da Felicidade.

Gabrielle estava perplexa e com um milhão de perguntas fervilhando na cabeça, tinha feito um acordo com o Rei Emanuel e achou melhor esperar.

— Ana Sorydium — disse o Rei —, esta é Gabrielle Acquamor, Gabrielle Acquamor, esta é Ana Sorydium, ministra da Felicidade.

— É incrível como você se parece com minha tia Ana, e agora sei por que é a Ministra da Felicidade — disse Gabrielle olhando diretamente nos olhos de uma mulher de estatura pouco maior que a sua, longos cabelos brancos cacheados e com o sorriso mais lindo que já vira na vida.

— Seja bem-vinda à Étherys. Você não faz ideia do trabalho que tivemos esta semana para controlar os índices do IFIB, sua chegada fez a balança enlouquecer.

— É verdade que existem Ladrões de Sonhos em Étherys?

— Sim. Muitos deles, mas onde há Ladrões de Sonhos é por que os sonhos também estão lá.

— Maneiro, eu tenho muitos sonhos. Ou melhor, no momento eu só tenho um sonho: resgatar minha mãe das garras de Medlor.

— Tudo a seu tempo... tudo a seu tempo... — disse Ana Sorydium, repetindo as palavras do Rei Emanuel.

O rei tornou a conduzir Gabrielle até a mesa e havia outra mulher que a intrigava sentada ali. Era alta, de cabelos azuis e expressão serena. Era o mesmo que olhar para sua tia Eliane, só que diferente. Ficou olhando ainda mais para ela e sua tranquilidade a intrigou a ponto de não conseguir segurar o olhar. Ela parecia ler todos os seus pensamentos.

— Gabrielle, esta é Hellyen Conciatem, Ministra da Consciência.

— Você possui a marca do infinito no peito, Gabrielle? — perguntou enquanto olhava desconfiada para a menina altiva à sua frente.

Gabrielle abriu um dos botões do vestido e a marca apareceu em seu peito.

— Ótimo. Aí está a prova de que você é mesmo uma de nós. Vai precisar de algumas coisas antes de ir à Kaibalyon. Não acha melhor que ela comece pela Matriz divina, Majestade?

O Rei Emanuel assentiu com a cabeça e Hellyen Conciatem entregou um pergaminho à Gabrielle.

— Aí tem uma lista de tudo que vai precisar. Peça a Tratyrus que a acompanhe.

Gabrielle já não estava escutando, tudo o que ouvia eram as batidas de seu coração, e não tirava os olhos do casal que era a cópia de seus pais.

Fugindo de qualquer protocolo e sem esperar que o rei prosseguisse com as apresentações, Gabrielle correu até os dois e os abraçou fortemente, chorando. Eles retribuíram ao abraço. Há muito tempo que não viam uma lágrima correr na face de um etheryano, o que os deixou sem ação.

Gabrielle permaneceu abraçada ao casal até que suas lágrimas cessaram e, em seguida, olhou-os diretamente nos olhos, sorrindo.

— Devem ser os Acquamor, naturalmente. Como se chamam?

— Sou Verena e este é Acácio. E sim, somos os Acquamor, os pais de Gabrielle. Estamos muito felizes. É um sonho ter você aqui.

Gabrielle abriu o pergaminho e começou a ler de imediato. Havia uma lista de coisas que precisaria para ingressar em Kaibalyon.

Os heróis aprendizes do primeiro nível de consciência devem trazer:

— Cinco conjuntos de vestes comuns de meditação (cada uma nas cores dos cinco Condados);

— Um conjunto de armadura completo (em bom estado);.

— Um tapete pentagonal para as batalhas de enigmas, oficial de seu Condado;

— Uma mandala tridimensional para visualização criativa;

— Uma arma de sua preferência;

— Quatorze metros de cordas de lúmens;

— Uma grosa de sementes de Vânya;

— Uma máscara;

— Livro de Animais-Guias, de Rubium Sabidorum;

— Livro dos Sonhos, de Aurélyus Néquilus;

— Livro dos Valores de Étherys, de Hellyen Conciatem;

— Livro do Herói Aprendiz, de Bartolomeu Véquillas;

— Pergaminho de Enigmas Enigmáticos de Vídia;

— Livro dos Ladrões de Sonhos de Medlor, de Hannabela Lanzabel. (atualizado).

Ao final da lista tinha um aviso em letras maiúsculas:

LEMBRAMOS AOS PAIS QUE OS HERÓIS APRENDIZES DO PRIMEIRO NÍVEL DE CONSCIÊNCIA NÃO INGRESSARÃO EM KAIBALYON SEM TEREM RECEBIDO SEUS ANIMAIS-GUIAS.

— Onde vou encontrar tudo isso? — perguntou Gabrielle para Acácio.

— Você encontrará tudo isso na Matriz divina — respondeu Acácio. Isso deixou Gabrielle ainda mais apreensiva.

— Podem acompanhá-la até lá? — perguntou o Rei Emanuel, dirigindo-se aos Acquamor.

— Claro, Vossa Majestade. Teremos muita alegria em acompanhar Gabrielle até a Matriz divina. — Porém, alguma coisa em suas expressões não confirmava suas palavras.

Gabrielle nunca sequer imaginou estar em um lugar tão diferente. Ela não sabia onde estava, e muito menos aonde iria, e também não estava acostumada a usar o meio de transporte comum de Étherys, os portais. Ficou respirando fundo e apressadamente, em claro sinal de ansiedade, na hora em que Tratyrus e o casal Acquamor juntaram os dedos em forma de infinito. Desta vez, porém, teve a sensação de que o enjoo estava diminuindo e não reclamou.

— Matriz divina! — pronunciou Verena, e um enorme vórtice de luz os sugou para dentro de um diamante de luz.

— Chegamos — disse Verena.

Gabrielle levou um tempo para acostumar-se com tanta luz e fechava e abria os olhos com frequência. Decidiu que seria melhor ficar o mais próxima possível de Tratyrus e dos Acquamor. A sensação era de estar flutuando, e quando olhou para o chão percebeu que uma espécie de fios de luz a mantinha naquela posição e os mesmos se conectavam a tudo e a todas as coisas presentes ali, sem que se embaralhassem.

Então havia mesmo a tal Matriz divina, como sua mãe Eloá lhe falava? Gabrielle não estava preparada para tudo aquilo em seu primeiro dia em Étherys; embora tudo parecesse inacreditável, agora ela sabia que era real. Quando eles passaram pelo grande corredor de portais e adentraram em um enorme salão holográfico, havia centenas de Seres de Luz sentados em cadeiras altas transparentes atrás de um longo balcão furta-cor. Alguns gravavam mensagens em grandes hologramas, outros pesavam um tipo de sementes minúsculas que eram separadas pelas cores, e outros as examinavam como quem examina uma joia rara. Ao redor do salão, os enormes portais se abriam para infinitos corredores e outros Seres de Luz acompanhavam os etheryanos que entravam e saíam deles.

A Matriz divina era como uma grande teia de aranha, conectada a todas as coisas, tanto ali em seu núcleo, quanto fora dela. Gabrielle pôde ver como isso era verdade assim que enormes hologramas começaram a se abrir de todos os lados, mostrando cinco Condados distintos. Vilas, plantações e um enorme rio em forma de Infinito, além do Rio dos Mortos e do Rio da Vida. Ficou maravilhada com tanta beleza.

Tratyrus e Acácio se dirigiram ao balcão.

— Bom dia — disse Tratyrus a um Ser de Luz que estava desocupado no momento. Viemos sacar sementes do reservatório de Gabrielle Acquamor.

— O Senhor tem a chave?

— Não, Senhor, trago uma ordem do Rei Emanuel — disse Tratyrus e colocou o pergaminho em cima do balcão.

O Ser de Luz franziu a testa. Gabrielle observou-o enquanto ele passava para a frente do balcão e lia o pergaminho cuidadosamente para sentenciar:

— Parece estar tudo certo. Vou pedir para que Ledys os acompanhe até o Reservatório de Sonhos dela — disse olhando para Gabrielle com expressão de raiva. — Ledys!

Ledys era outro Ser de Luz. Tratyrus recebeu a chave do reservatório e acompanhou Ledys até um dos portais que havia na Matriz divina.

— O que tem nesse Reservatório de Sonhos? — perguntou Gabrielle.

— Todos os seus sonhos — respondeu Tratyrus, sorrindo.

Ledys abriu um portal e o segurou aberto até que todos passassem. Gabrielle, que esperava mais luzes e hologramas, foi surpreendida. Encontravam-se em um túnel estreito de terra e raízes embaraçadas, de aspecto assustador. Ledys estalou os dedos e alguns lúmens se juntaram para iluminar o caminho. Era uma descida íngreme e escorregadia, e pequenos trilhos pareciam querer confundir os transeuntes.

Outra vez Ledys estalou os dedos e um tapete de lúmens veio pelo trilho na direção deles. Sentaram-se e partiram. Inicialmente eles apenas viajaram em alta velocidade dentro de um labirinto de túneis e portais cheios de raízes e seres rastejantes. Gabrielle bem que tentou não sentir enjoo, mas não conseguiu.

O tapete conhecia o caminho porque, aparentemente, Ledys não o estava dirigindo. Os olhos de Gabrielle estavam arregalados e começaram a arder com o fogo que repentinamente apareceu de todos os lados. A terra havia sido substituída pelo fogo e, mais uma vez, o tapete os conduziu àquele labirinto incandescente com a mesma velocidade.

Então eles mergulharam mais fundo e chegaram a um redemoinho de vento. Era tão violento que o tapete em que estavam sentados girou como um vórtice descontrolado. Gabrielle segurava-se com toda força no tapete para não cair. O enjoo aumentou e, quando chegaram no rio de águas translúcidas, assim que o tapete pousou sobre as corredeiras, Gabrielle vomitou. Ela não teve certeza, tinha a impressão de ter visto um leve sorriso no rosto de Ledys.

Voltaram para o tapete e seguiram através de um emaranhado de cordas de lúmens até que elas desaparecessem. A essa altura, Gabrielle já estava passando muito mal e, quando o tapete finalmente parou, ela se viu dentro de uma enorme esfera de diamantes, cujas paredes eram cravejadas de portais em cinco cores distintas.

Ledys foi até um dos portais, um de cor azul, e destrancou. Lá dentro estavam empilhadas uma montanha de sementes brilhantes de variadas cores. Gabrielle perdeu a respiração e a fala.

— São todos seus. — Sorriu Acácio.

Todos os sonhos de Gabrielle. Era surreal.

Gabrielle não pôde deixar de pensar que se os homens soubessem da existência daquele reservatório, teriam uma vida totalmente diferente. Quantas vezes ouvira as pessoas se queixando da falta disso ou daquilo... E mal sabiam eles que existia um lugar que guardava todos os sonhos possíveis.

Tratyrus ajudou Gabrielle a pegar algumas sementes e guardou-as em uma sacola de lúmens.

— As sementes azuis servem para manifestar vestimentas e instrumentos em geral — explicou ele. — Acredito que essa quantidade deve dar para o primeiro nível de consciência na Escola do Herói Aprendiz.

— E quanto às sementes de outras cores? — perguntou Gabrielle.

— Continue pegando as sementes, Tratyrus — disse Verena —, deixe que eu explico à Gabrielle para que servem as sementes de sonhos. Bem, as sementes verdes são para manifestar plantas de todos os tipos, desde as hortaliças, frutas e as grandes florestas.

— E as sementes brancas?

— As sementes brancas abrem o portal de nossos sonhos, são uma espécie de mensagem de Morphys de que aquilo que queremos já está à nossa disposição. E tem também as sementes vermelhas, elas podem germinar os mais variados sentimentos, tanto bons quanto ruins. Temos que ter muito cuidado com essas sementes, algumas delas foram estragadas pelos Ladrões de Sonhos e podem provocar grandes desastres.

— Ainda está faltando uma semente — disse Gabrielle —, vi que tem uma semente prateada também.

— Esta é a semente dos sonhos mais íntimos. Com ela podemos expandir nossa mente, abrir a consciência e nos conectar com o infinito. É a semente que nos ajuda a subir de nível até estarmos completos e preenchidos de sabedoria e paz.

— Vamos, vamos voltar para o tapete de lúmens — falou Tratyrus. — Já pegamos sementes suficientes para Gabrielle.

Viajaram no tapete divinal, como Verena lhe disse que ele se chamava, chegando de volta à claridade do Salão Principal da Matriz divina.

Todos ali pareciam conhecer o Guardião Tratyrus e sorriam para ele, já o mesmo não acontecia com os Acquamor. Os etheryanos olhavam desconfiados para eles e não faziam nenhuma questão de cumprimentá-los. Até que tentaram sair passando entre eles

— O que estão fazendo aqui, Tratyrus — perguntou um etheryano que olhava desconfiado para os Acquamor.

— Não é nada para mim, estou a serviço do rei — disse Tratyrus movendo a cabeça na direção de Gabrielle, o que fez as pernas do etheryano tremerem.

— Meu Morphys! — exclamou, fitando Gabrielle. — É... será possível?

A Matriz divina parou como num piscar de lúmens, e fez-se silêncio total.

— Valha-me Morphys! — gritou o etheryano, descontrolado. — Gabrielle Acquamor voltou! Que desgraça é essa? — E saiu correndo para trás de uma parede transparente, voltando de lá com um enorme bastão nas mãos. Seus olhos estavam furiosos.

— Malditos sejam os Acquamor! Saiam daqui imediatamente!

Gabrielle não sabia o que dizer. Todos os etheryanos não tiravam os olhos dela. Uma mulher muito alta e forte segurou seu filho e o escondeu atrás de si. Gabrielle começou a se enfurecer. Logo houve um enorme burburinho e, no momento seguinte, um verdadeiro exército enfurecido partiu na direção dos Acquamor.

— Gabrielle Acquamor! — gritou um homem de cabelos verdes e com várias cicatrizes pelo rosto. — Não acredito que finalmente posso matá-la. Plantei muitas sementes para isso.

— Maldita! Gabrielle, nem sei lhe dizer o quanto esperei para acabar com você! — disse outro etheryano que vinha em sua direção. — E sou eu que devo matá-la! — Tirou a espada da cintura.

Gabrielle não soube o que foi exatamente que aconteceu, suas mãos pareciam mover-se sozinhas, e quando deu por si, estava com o arco e flechas de Verena em suas mãos; atirou sem pestanejar. O etheryano cambaleou e caiu no chão com uma flecha cravada em seu olho direito.

Nesse espaço de tempo, Acácio e Verena tentavam segurar Gabrielle enquanto Tratyrus também puxou seu machado e o apontou para os etheryanos enfurecidos. Levou mais de cinco minutos até que Tratyrus conseguisse acalmá-los, erguendo o pergaminho que trazia consigo com as ordens reais. Finalmente conseguiu se fazer ouvir no meio daquela gritaria.

— Só viemos buscar os sonhos que nos pertencem — disse Tratyrus. — Temos ordens do Rei Emanuel. Prometo deixá-los em paz se nos deixarem passar.

Ledys recolheu todas as armas presentes com uma corda de lúmens e as guardou atrás do balcão. Apertou a mão de Tratyrus, que retribuiu em agradecimento, e eles passaram pelo corredor de lúmens que se formou no meio da Matriz divina para que pudessem passar com segurança.

Gabrielle estava furiosa e mordia os lábios.

— O túnel era também um portal, e Verena lhe avisou que haviam chegado em Aquor.

— Não me disseram que sou odiada por todos aqui...

— Não gostou da fama? Você parecia gostar muito da fama que tinha na Terra.

— Vocês também são odiados assim? — perguntou Gabrielle, olhando para Verena e Acácio.

— Sim, somos hostilizados. Em geral, já nos acostumamos com isso – respondeu Verena.

— Onde foi que aprendeu a atirar com arco e flecha? — perguntou Acácio, que ainda conservava uma expressão de espanto e orgulho na face.

— Nunca havia segurado um arco e flecha antes em minhas mãos. Não sei como consegui fazer aquilo. Estou tremendo até agora.

— Você é sempre tão nervosa? — perguntou Verena.

— Nervosa? Eu estava furiosa! Eles queriam me matar. O que vocês queriam que eu fizesse?

— Um escudo de lúmens teria resolvido o problema — disse Tratyrus.

— Ah, é? Sério? Um escudo contra um exército de loucos enfurecidos. Só podem estar brincando comigo, não é? E já que falou nisso, se está com seu escudo, por que não o usou para nos defender?

— Não estou falando desse tipo de escudo. Esse escudo só usamos contra o exército de Medlor. Existem outras armas mais sutis que você terá que aprender a manejar, Gabrielle.

A cabeça de Gabrielle girava feito um vórtice de lúmens. Todavia, Tratyrus sorria e colocava a mão direita sobre o peito, murmurando alguma coisa indecifrável.

— Estamos em casa — anunciou Acácio. Tinham chegado a uma pequena vila de casas iguais umas às outras, feitas de uma matéria estranha, um tipo de planta exótica, pensou Gabrielle.

— São feitas de Vânya — disse Verena, como se estivesse lendo os pensamentos da garota. — A matéria que a tudo serve. Você vai aprender a manifestar com as sementes de Vânya quando for à Kaibalyon, são aquelas verdinhas.

Na entrada havia uma placa na qual se lia: Família Acquamor.

Quando eles passaram pela porta e adentraram a casa. Gabrielle teve uma visão do passado. Havia uma menina recém-nascida que flutuava e brincava com bolhas de água.

CAPÍTULO SEIS

O oráculum

O primeiro mês que Gabrielle passou na casa dos Acquamor, apesar da saudade do irmão e da vontade de saber ao menos alguma notícia sobre o paradeiro de Eloá, foi muito divertido. Ela tinha a sensação de que seu coração tinha aumentado de tamanho, já que sentia o peito estufado para que ele pudesse caber dentro de si. Não sabia qual sonho materializar primeiro, agora que tinha uma sacola cheia de sementes deles.

Acácio e Verena não pediam para que Gabrielle os ajudasse com as tarefas da horta ou da casa, mas ela se ofereceu para ajudar, se sentia útil, e as tarefas a mantinham ocupada. Não se preocupou em saber quais sementes materializavam o que exatamente. Tudo o que importava era que estava carregando mais sonhos do que jamais sonhara na vida inteira — e ainda havia um reservatório cheio deles.

— Acho melhor materializar logo suas vestimentas — falou Verena, indicando com os olhos as sementes azuis que Gabrielle segurava nas mãos e não cansava de admirar. — São vestimentas para todas as ocasiões. No restante do tempo Gabrielle ficava em seu quarto, praticando ritual de visualização criativa e decifrando os enigmas básicos. E para que o sono chegasse, mesmo depois de se deitar, ela lia os pergaminhos e livros que ganhara de Verena até tarde da noite. Não via a hora que chegasse logo o momento de ir para Kaibalyon. Sua esperança era de que lá pudesse descobrir o paradeiro de Eloá.

Ainda mantinha gravado na cabeça as palavras do guardião Tratyrus quando se despediu dos Acquamor e voltou ao castelo.

— Escute, Gabrielle, tenho que me despedir e voltar para Étherys, o Rei Emanuel me espera — disse Tratyrus. — Você tem muitos sonhos para materializar até ir à Escola do Herói Aprendiz. — O tom de voz do Guardião demonstrava certa preocupação, e não se sentiu encorajada em perguntar o motivo. Mas depois que ele a deixou na casa dos Acquamor, sentiu um vazio e não encontrou nada que o preenchesse.

Nos últimos dias de janeiro, Gabrielle tomou coragem e achou melhor falar com os Acquamor sobre a ida ao Oráculum no dia seguinte.

— Hum... Acácio? Verena?

— Sim, Gabrielle — disse Acácio. — Esta é sua casa, ou melhor, nossa casa, minha filha, você é bem-vinda aqui. Não tenha receio em pedir nada. — Ele sorriu, mas não conseguiu esconder a preocupação pelo que via no rosto de Gabrielle.

— Tratyrus me disse que preciso ir ao Oráculum amanhã para magnetizar as sementes de portais... são para ir à Kaibalyon? Será que um de vocês pode me acompanhar?

— É claro, minha filha — disse Acácio —, terei o maior prazer em acompanhá-la.

— Muito obrigada, Acácio.

— Que pai não acompanharia sua filha em sua primeira ida ao Oráculum? — disse ele simplesmente.

Gabrielle já ia voltando para seu quarto quando tomou coragem em perguntar, virando-se de uma vez:

— Não tem outra forma de ir até Kaibalyon, que não seja através dos portais? Onde fica a escola?

— De que outra maneira gostaria de atravessar o vazio? Não se preocupe, logo você se acostumará. Você vai ver. É só esperar.

Gabrielle acordou cedo no dia seguinte e sua ansiedade não permitiu que ela voltasse a dormir. Decidiu levantar-se e vestir-se com o yontal — uma roupa que mais parecia um quimono japonês — que Verena lhe havia entregue na noite anterior. Aproveitou o tempo antes do dia amanhecer para conferir a lista dos materiais que precisaria levar a Kaibalyon e certificar-se de que já havia materializado tudo com as sementes de sonhos.

Duas horas mais tarde, Gabrielle e Acácio atravessaram o portal e estavam em frente ao Oráculum. Só o que Gabrielle sabia é que ficava na parte central do Reino de Étherys, e arregalou os olhos quando viu surgir à sua frente uma construção em forma de mandala. Sobre a porta, uma mensagem reluzente dizia:

"Entre, etheryano de Aquor, Terryor, Aerys,

Fígys e Étherys, mas tome cuidado, ou será levado para o Deserto dos Sonhos Perdidos.

Se achar ser merecedor mais do que os outros,

poderá pagar caro por ter grandes olhos.

Assim, procure em seu infinito a chave que tranca seu ego,

e tome cuidado para não se tornar um Ladrão de Sonhos."

— Bom, aqui estamos, minha filha. Este é o Oráculum de Aquor. Cada condado possui o seu próprio e um pensador responsável. Vamos entrar e pegar nossa senha, parece que não somos os primeiros, não é mesmo?

Acácio tinha razão. Havia um grande número de jovens e adultos sentados em seus tapetes no meio do salão furta-cor. O Oráculum era em formato de mandala e por dentro parecia ter dez vezes o tamanho que Gabrielle notara do lado de fora.

— Espero que você tenha um bom período de luz — disse um dos atendentes do Oráculum a um jovem que recebia suas sementes de portais e saía todo sorridente.

Gabrielle sentiu o peito ardendo e a boca seca. Estava começando a atrair olhares de todos os lados, e não eram nada amistosos. Teria que perguntar a Acácio o motivo de tanta indiferença, mas parou quando viu que Acácio se dirigia ao balcão onde ficavam as senhas.

Sete etheryanos, todos de cabelos azul-escuros estavam atrás de um balcão transparente, registrando os portais e colhendo as assinaturas, registrando os dados de nome e família em hologramas que, ao se fecharem, iam parar numa bolha que ficava flutuando sobre a cabeça do funcionário do Oráculum. Os etheryanos entregavam sementes prateadas, e elas passavam por um arco de lúmens antes de voltar para as mãos de seus donos.

Sentados no meio do Oráculum, as crianças e os jovens também usavam um Yontal com o símbolo do infinito na frente. De um lado a coroa do rei, e do outro o símbolo de seu respectivo condado: se fosse uma gota de água, era o símbolo de Aquor. Ao menos estou vestida como eles, pensou Gabrielle.

O atendente quase não conseguiu entregar a semente com a senha a Acácio, assim que ouviu o nome de Gabrielle. Ele tremia tanto que mudou de cor várias vezes, como se Gabrielle fosse a responsável pela sua raiva repentina. Desesperada, Gabrielle perguntou a Acácio o motivo de tanta hostilidade e ele apenas resmungou alguma coisa como se não fosse o momento apropriado. Gabrielle se esforçou ao máximo para manter a calma.

— Eles estão indo para a escola? — perguntou Gabrielle, tentando distrair Acácio, que não conseguia mais esconder o nervosismo.

— Sim, todos aqui vão à Kaibalyon, a Escola do Herói Aprendiz de Étherys.

Através de uma espécie de vórtice de luz que sugava as senhas e que anunciava o próximo a ser atendido, Gabrielle viu que estava chegando a sua vez, e mal podia se conter de felicidade. Tudo o que ela mais queria era sair logo dali. Perguntava-se por que todos a hostilizavam, mas não encontrou resposta em seu coração.

Quando a semente de Acácio e Gabrielle estourou em sua mão, e o nome de Gabrielle apareceu no painel, os presentes soltaram um grito.

— Bom dia — disse Acácio a um funcionário de cabeça baixa. — Vim para cadastrar minha filha e magnetizar as sementes dos portais de ida e volta à Kaibalyon.

Naquele momento, um grupo de etheryanos levantou-se do centro do Oráculum e Gabrielle conseguiu ouvir o que diziam enquanto saíam dali apressadas.

— ... é mesmo a infeliz, é claro...

Gabrielle as seguiu para fora do Oráculum.

Uma mulher muito ligeira falava com os filhos, uma menina e um menino, e tinham os cabelos azul-escuros. Eles também carregavam uma sacola à frente com sementes de sonhos como a de Gabrielle. O coração de Gabrielle parecia querer pular para fora do peito. Quando perceberam que Gabrielle os seguia, começaram a correr. Gabrielle os seguia, aumentando cada vez mais o passo.

Então eles pararam e a encararam, e ela também parou, perto o suficiente para ouvir o que diziam, mesmo cochichando um no ouvido do outro.

— Mamãe, não quero ir... tenho medo dela...

— Você já está na idade, Camélia Trudius! Ou você não quer receber seu animal-guia? Não diga bobagens. Está bem?

— Mas eu tenho medo dela.

— Não tenha medo, irmãzinha. Se ela se meter com você, terá que se ver comigo.

O menino que disse isso era mais velho que a garota e veio em direção à Gabrielle. Gabrielle o observou, tomando cuidado para não desviar o olhar, que estava furioso como se uma fogueira estivesse acesa dentro dos olhos dele — mas assim que o garoto chegou perto dela, Acácio se aproximou e colocou a mão nos ombros de Gabrielle. O rapaz recuou e, depois de alguns instantes, desapareceu junto com a mãe, o irmão e a irmã, através de um portal de lúmens.

— Quem eram aqueles? — perguntou Gabrielle a Acácio.

— São nossos vizinhos, também eles moram na vila dos Humilsh. São Gina, Eduardo e Thiago Trudius, e aquela era a mãe deles, Clarina.

— Por que eles têm medo de mim, Acácio?

— Por causa do que Verena fez. Ela usou um pergaminho proibido para acessar nossa filha, e com isso trouxe também Medlor de volta à Étherys.

Gabrielle se preparava para fazer mais algumas perguntas quando um garoto muito alto e forte se aproximava rapidamente deles. Até mesmo Acácio recuou, e então, de repente, o garoto sorriu.

— Com licença — disse o menino gigante de sorriso largo e cabelos verdes. — Você também vai à Kaibalyon? Sou novo também e parece que temos o mesmo problema.

— Mesmo problema? — perguntou Gabrielle, curiosa.

— É! Todos parecem ter medo de nós.

Não era à toa, pensou Gabrielle quando reparou no garoto alto, forte e maltrapilho à sua frente.

— É — respondeu Gabrielle. — O problema é que não sei por que eles têm medo de mim... mas quanto a você, não é difícil, não é mesmo?

— Não sabe por que todos tem medo de você, Gabrielle Acquamor? — disse ele com certo espanto, e Gabrielle concordou com a cabeça. — Não se preocupe, logo você descobrirá. Teremos bastante tempo em Kaibalyon para isso.

— É — respondeu Gabrielle —, mas parece que você não tem medo de mim, não é mesmo? Quem é você?

— É verdade, não tenho medo de você... não se preocupe. Também não precisa ter medo de mim, mas só não deixe que os outros saibam disso, está bem? Meu nome é Damastor. Damastor Grandys, do Condado de Terryor.

Naquele momento um garoto de rosto rosado e lindos olhos verdes passou por eles, dizendo: — Já vi que vou parar no Pensorum Odiatum, perdi minha senha antes mesmo de magnetizar as sementes de portais. Meu pai vai me matar!

— Ah, Alvarus. — Ouviu uma senhora que o acompanhava dizer: — Seu pai jamais chegaria a tanto. Você que deveria ter mais atenção.

Um pouco mais adiante, um garoto com cabelos vermelhos estava cercado por um grupo de garotos.

— Podemos ir ver, Acácio? — perguntou Gabrielle.

— Podem sim, mas acho melhor ir com vocês! — disse Acácio, e seguiu com eles.

O garoto abriu os braços e os que estavam em volta gritaram e berraram quando uma coisa peluda saiu de dentro de seu peito. Foi muito rápido. Um flash de luz e um guaxinim circulava no meio de todos.

— Você está querendo me dizer que eu tenho um animal dentro de mim? — Naquele momento Gabrielle se deu conta de que poderia estar carregando um monstro dentro de si, talvez isso explicasse toda raiva que ela sentia. Desejou ter um cachorro, era o animal preferido de sua irmã Juliana.

Gabrielle desejou estar sonhado, nunca imaginou que veria o que aconteceu a seguir. O guaxinim encolheu no ar, em seguida foi sugado para dentro do peito do garoto outra vez. Como era possível? Então virou-se para Acácio, que não escondia a satisfação em ver o espanto no rosto de Gabrielle.

— Agora, vocês dois: este ano, se comportem em Kaibalyon. Espero não receber nenhum holograma dizendo que vocês fizeram alguma coisa proibida. Tenham muito cuidado com seus sonhos...

— O que está acontecendo — falou em voz alta, Gabrielle. — Onde vim parar, meu Deus!?

— Meu Morphys, você quis dizer, não é? — perguntou Damastor. — Meu Morphys!

Gabrielle olhou para Acácio, que sorriu de volta. Ela tinha que tomar mais cuidado ou logo perceberiam que ela não era de Étherys.

— Sabe aquela garota de cabelos azul-claros que estava no Oráculum? Sabe quem ela é? — Gabrielle ouviu alguém dizer.

— Quem?

— Gabrielle Acquamor! — Gabrielle ouviu uma voz doce de um menino dizer.

— Ah, mamãe, posso ir até lá para vê-la? Por favor... por favor...

— Não quero você perto de uma menina dessas! Quer que ela roube todos os seus sonhos?

— Ela também é um ladrão de sonhos? Então ela conhece Medlor?

De repente a mãe ficou muito séria.

— Escute aqui, Miguel Cantyus, eu te proíbo de falar com ela, entendeu? Não se atreva a perguntar nada pra ela, estamos entendidos?

— Mas, mamãe, se ela fosse um ladrão de sonhos, como poderia ir à Kaibalyon. O Rei Emanuel não permitiria.

— Está bem, não precisa ficar nervoso, Miguel. Vamos depressa! — disse a mãe, e os dois desapareceram através do portal.

Gabrielle ainda não se acostumara à velocidade dos portais. Quando Acácio abriu o que os levaria de volta para casa, ela sentiu uma grande excitação. Não sabia ao certo se estava indo para o Condado de Aquor, mas esperava ao menos que fosse um lugar melhor do que o que estava deixando para trás.

Quando atravessou o portal, Acácio não estava ao lado de Gabrielle. Ela também não estava mais no Oráculum, e sem dúvida ali não era o condado de Aquor. Ao seu lado estava Damastor Grandys.

— Posso me sentar ao seu lado? — perguntou, apontando o tapete ao lado de Gabrielle. — O restante do Phanteon está lotado. Gabrielle fez que sim e Damastor se sentou.

— Oi, Damastor, péssima companhia, hein?

Eram os irmãos Trudius que haviam chegado.

— Por que não vem com a gente? Vamos para o meio do Phanteon. Ficaremos mais perto dos Guardiões quando eles aparecerem.

— Estou bem aqui, Eduardo — respondeu Damastor para um dos garotos.

— Certo — resmungou o outro —, depois não diga que não o avisamos.

— Tchau — disse Damastor, e os irmãos Trudius foram para o meio do Phanteon.

— Você é mesmo Gabrielle Acquamor? — Damastor parecia falar sozinho.

Gabrielle confirmou com a cabeça e fazia sinal de que não entendia o porquê da pergunta.

— Ah, me desculpe, pensei alto... Você consegue mesmo... você sabe... voar?

Gabrielle fez um pequeno movimento e apontou o chão. Damastor olhou e ela estava flutuando apenas alguns centímetros, mas o suficiente para provar que era verdade.

— Então é mesmo verdade? E foi Medlor quem te ensinou a voar?

— É verdade que eu posso voar e não me lembro de ninguém ter me ensinado. Posso voar desde que nasci.

— Você não se lembra de nada? — perguntou Damastor, ansioso.

— Bom, lembro de muitas bolhas de água e de minha mãe e meu pai desmaiando logo que eu nasci.

— Uau! — Damastor ficou parado olhando para Gabrielle, depois, como se saísse de um transe, ela lhe perguntou:

— Todos na sua família são grandes? — perguntou Gabrielle, que achava Damastor muito familiar e não sabia direito a razão.

— São sim, acho que sempre foram grandes, sim. Todos somos rebatedores.

— Rebatedores? — perguntou Gabrielle.

— Sim, todos da minha família são muito bons com os bastões e por isso sempre são escalados para as batalhas de enigmas e a brigada da coragem como rebatedores. Até hoje nunca houve um Grandys que não fosse rebatedor. E você? Já sabe com qual arma vai treinar para as batalhas? Ouvi dizer que na sua família todos são arqueiros. Seu pai ao menos já foi campeão.

— Bom, não sei ainda. Mas acho que eu posso me dar bem com arco e flecha... — disse Gabrielle, lembrando do episódio na Matriz Divina.

— E quanto aos níveis de consciência? Já sabe qual sonho vai escolher materializar?

— Não. Ainda não sei. Mas meu pai foi Guardião e minha mãe Pensadora, eu gostaria de ser guardiã, talvez.

— Talvez guardiã? — espantou-se Damastor, por alguma razão parecendo meio infeliz. — Todos da minha família são Guardiões e tenho medo de decepcionar. Mas não tenho muita certeza se é isso mesmo que eu quero. Gostaria apenas de ser campeão de Enigmas, nada mais. Perdi meu irmão mais velho quando ele foi para a brigada da coragem, e desde então tenho me perguntado se vale a pena sonhar tão alto.

Gabrielle sabia que tinha algo de familiar em Damastor, talvez o fato de ele também ter perdido um irmão. E naquele momento decidiu que não queria guardar nenhum segredo dele.

— Posso te contar um segredo? — perguntou Gabrielle, em certo momento.

— Segredo, em Étherys? Você só pode estar fantasiando. Não existem segredos em Étherys!

— E se eu te contasse que não sou uma etheryana? Que não sou daqui e sim de um planeta chamado Terra, e que estou aqui para resgatar minha mãe que foi trazida para cá pelos ladrões de sonhos a serviço de Medlor?

O rosto de Damastor ficou vermelho. Parecia achar que Gabrielle estava delirando por causa do nervosismo e do olhar nada amigável que todos lançavam na sua direção, ao tomarem consciência da sua presença. De qualquer modo, Damastor pareceu bastante animado com a tentativa de Gabrielle de fazer amizade, e decidiu que seria melhor contar-lhe a verdade.

— Quer dizer que o "seu" deserto dos sonhos perdidos se chamava Terra? Não te contaram que você foi enviada para lá assim que nasceu? Por que sua mãe usou um pergaminho proibido para materializar o sonho de ter você?

Gabrielle ficou pasma.

— Que foi?

— Você disse deserto dos sonhos perdidos? — indagou Gabrielle, mais perdida do que nunca.

— Eles não te contaram nada, não é? Você não sabia que foi a responsável por trazer Medlor de volta ao Reino?

— Está vendo, Damastor? Tenho muito a aprender... já estou vendo que vou ser a pior de todos de Kaibalyon.

— Alguma coisa me diz que não...

Enquanto conversavam, o Phanteon ficava cada vez mais cheio, e depois de um longo tempo de espera, até que se fizesse silêncio total, alguns portais se abriram por todos os lados. Gabrielle tinha acabado de piscar os olhos quando um portal se abriu bem na sua frente. Desta vez, uma garota passou por ele. Seus cabelos eram vermelhos meio encaracolados, e ela usava um Yontal vermelho, da cor de seu condado, Fígys.

— Caramba! Olha o tamanho do Phanteon, e eu caio justamente na sua frente? — Ela tinha um tom de voz muito bravo, mas não demostrou medo, apenas raiva.

— Já que o Phanteon é grande, fique à vontade para ir para bem longe — respondeu Gabrielle à altura, mas a garota parecia não escutar.

— Como ousa dizer o que Ingrid Ferdinandys deve fazer? Se tem alguém sobrando aqui é você, sua ladra de sonhos!

Gabrielle olhou para os lados e sentiu, pela cara espantada de Damastor, que alguma coisa muito ruim estava para acontecer.

— Gabrielle Acquamor! — alguém gritou, e depois disso, a escuridão.

Gabrielle nunca soube ao certo o que lhe atingiu, nem ao menos se realmente foi atingida com alguma coisa. Tudo o que conseguiu se lembrar foi de que depois de um tempo, recobrou os sentidos e viu um garoto cruzando o Phanteon. Suas roupas eram diferentes dos demais, e tinha um certo ar de realeza.

— Então é mesmo verdade? — perguntou. — Você é Gabrielle Acquamor, a enviada de Morphys?

— Sou — respondeu Gabrielle. Observou o garoto, ele era bastante forte, e não parecia nada amigável.

— E você, quem é? — perguntou Gabrielle, dando uma risadinha para esconder a raiva que estava sentindo.

— Sou o príncipe! Meu nome é Benjamin Véquillas — respondeu de forma arrogante. — Do que está rindo? Você não vai demorar para descobrir que seu lugar não é aqui. Se quiser posso ajudá-la a voltar para o lugar de onde nunca deveria ter saído.

— Acredito que posso encontrar sozinha o meu caminho, obrigada — disse Gabrielle com firmeza.

O príncipe ficou pálido de raiva e logo que a cor voltou em seu rosto, ameaçou:

— Se eu fosse você, ficaria atento por onde anda e com quem anda, Gabrielle — disse lentamente. — A não ser que queira logo ser desmascarada e acabar logo com essa farsa. Sua mãe não tinha nenhum juízo, você não deve ser muito diferente.

— Se eu fosse você... — disse Gabrielle, com mais coragem do que realmente sentia.

Parecia haver mais portais do que etheryanos no Phanteon, Gabrielle ouvia mais passos e vozes do que realmente havia ao seu lado, porque em segundos o príncipe desapareceu e Ingrid Ferdinandys reapareceu.

— Que foi que aconteceu? — perguntou, vendo o espanto no rosto de Gabrielle e Damastor.

— Não sei muito bem, mas acho que apagaram ela — disse Damastor à Ingrid. Tudo por causa do príncipe.

— Não acredito... o príncipe esteve aqui? Você já conhecia Benjamin Véquillas? — perguntou Ingrid para Gabrielle, muito atenta à resposta.

— Não conhecia, e poderia ter ficado assim. Tão diferente do Rei Emanuel e da Rainha Felícia. Tem certeza que ele é mesmo o príncipe de Étherys?

— Dizem que o Rei Emanuel quer ser o último a governar o reino. Benjamin não aceita isso. Existem alguns boatos por aí de que ele se bandeou para o lado de Medlor e pode ser mais um ladrão de sonhos infiltrado entre nós — disse Ingrid, virando-se para Gabrielle.

Não deu tempo de Gabrielle responder.

Uma voz ecoou pelo Phanteon:

— Voltem amanhã para o ritual de animais-guias. Por favor, deixem suas sementes de sonhos aqui. Elas serão levadas para seus respectivos dormitórios. Aproveitem o ritual dos alimentos com a família e procurem não comer muito.

Gabrielle estremeceu ao atravessar o portal enquanto ouvia a voz conhecida de Tratyrus, e isso a reconfortou.

Quando chegou em casa, Gabrielle foi surpreendida com os convidados para o ritual dos alimentos. A família Quador estava à sua espera. A Sra. Clarina, a que brilha, era a melhor amiga de Verena e seus olhos brilhantes não escondiam a felicidade ao ver a garota que atravessou o portal e surgiu no meio da sala.

Gabrielle também estava muito feliz. Mal havia chegado à Étherys e já estava conhecendo muitos etheryanos: a família Trudius, as crianças da Rua das Acontecências, os guardiões, os ministros, o rei e a rainha, Damastor Grandys, Ingrid Ferdinandys, e agora, os Quador. Um casal muito simpático que tinha um filho de quatorze anos, seu nome era Jullyan, e eles o aguardavam para o jantar. E ainda tinha o príncipe, mas este ela fazia questão de esquecer.

Quando Jullyan chegou, Gabrielle pensou que ia desmaiar. Jullyan era o clone de sua irmã Juliana, salvo o gênero, e a idade que eram diferentes. Em seu coração sentiu que ele poderia vir a ser com certeza seu melhor amigo, e um estranho calor aqueceu todo o seu corpo. Bem diferente do frio que sentiu na presença do príncipe, lembrou-se.

— É verdade que você pode voar? Me ensina?

— O quê? Quem lhe disse isso? — Parecia ter voltado no tempo.

— Ouvi meus pais conversando. Todos no reino sabem disso! É verdade?

— Não é verdade! Não quero que você fale sobre isso! Não vou lhe ensinar coisa alguma. Isso é uma maldição.

— Maldição? Isso é o que dizem de você, minha cara. Me ensina, vai... tenho muita vontade de voar...

— Quando sua vontade de voar for do tamanho da vontade que sente de respirar, Jullyan, você voará.

Durante o jantar, o Sr. Nélius Quador, *o esperançoso*, não conseguia entender por que seu filho, que sempre fora tímido e calado, não parava de conversar.

— Mãe, pai! Eu quero aprender a voar, feito a Gabrielle.

— Para com isso, Jullyan — retrucou Nélius, ligeiramente desconcertado. Olhou para Gabrielle e não se conteve: — Não quero que coloque ideias malucas na cabeça de Jullyan, outro dia ele quase se afogou tentando ficar com a cabeça dentro da água porque ele jura que ouviu dizer na Escola que você consegue fazer isso. Sem contar as inúmeras vezes que o pegamos tentando brincar com fogo.

O jantar prosseguiu, e apesar dos pedidos de desculpas de Verena sobre o comportamento anormal de sua filha, os ânimos já não foram mais os mesmos.

Os Acquamor se perguntavam, quando foram dormir naquela noite, por que Morphys a trouxera de volta, tão igual ao que eles imaginavam que ela seria fisicamente, porém tão diferente de tudo o que imaginavam. Tão... tão petulante...

CAPÍTULO SETE

Os animais-guias

No dia seguinte, logo depois do café da manhã, Gabrielle sentou-se com Acácio e Verena Acquamor para ouvir suas últimas recomendações sobre como deveria se comportar em Kaibalyon. Suas expressões demonstravam que ainda estavam chateados com os acontecimentos da noite anterior, e por isso Gabrielle achou por bem concordar com tudo o que eles lhe disseram.

Quando o portal se abriu e ela chegou em Kaibalyon, pôde finalmente relaxar ao perceber que o Guardião Tratyrus aguardava os jovens heróis aprendizes para seu primeiro dia de aula. Isso colocou um sorriso em seu rosto.

— Bem-vindos à Kaibalyon, jovens heróis! — disse o Guardião Tratyrus. — O ritual do animal-guia será realizado na arena e conduzido pelo próprio Rei Emanuel. Vocês serão escolhidos pela ordem do sorteio de seus respectivos condados. A escolha de seu animal-guia é o momento mais importante da vida dos etheryanos. Depois do ritual vocês participarão do ritual do alimento, junto com os demais heróis aprendizes. A partir de amanhã poderão frequentar as aulas de expansão da consciência e terão seus respectivos dormitórios selecionados. Aqui não há divisão por condado ou nível de expansão de consciência. A matriz divina se encarregará de distribuí-los, segundo as leis de Étherys.

"Portanto, de agora em diante, passarão a conviver com heróis aprendizes dos cinco condados de Étherys: Aquor, Terryor, Fígys, Aerys e Étherys. Kaibalyon já se orgulhou de receber etheryanos admiráveis. Enquanto estiverem em Kaibalyon, sua retidão renderá sementes de sonhos para seus condados, e seus desvios de conduta os farão perder. Ao final do ano, o condado com o maior número de sementes de sonhos receberá o dobro em sementes para seus heróis aprendizes."

Gabrielle estava eufórica com a possibilidade de obter mais sementes de sonhos, mas seu sorriso desapareceu rapidamente, pois quando outro portal se abriu, apareceu na sua frente um pensador alto, de cabelos azul-escuros e vestes igualmente azuis, com detalhes em prateado. Tinha uma expressão muito severa e Gabrielle estremeceu ao fitar seu olhar. Teve que desviá-lo, já que ele parecia ler todos os seus pensamentos.

— Heróis aprendizes de Aquor, este é o Pensador Eghon Praxys — informou Tratyrus.

— Deixe-os comigo, Tratyrus. Eu cuido deles de agora em diante. — Fechou ainda mais a cara. — Sigam-me!

Agora que estavam num pequeno grupo, Gabrielle pôde reparar finalmente no tamanho do Phanteon. Era tão grande que parecia caber a vila dos Humilsh inteira dentro dele. As paredes furta-cor eram iluminadas por arcos de lúmens que flutuavam e se agrupavam, parecendo minúsculos seres a brincar o tempo todo.

Gabrielle reparou que os jovens se diferenciavam pela cor dos cabelos e do uniforme, ambos na cor de seus respectivos condados. Sentadas no grande Phanteon, cada um em seu tapete, esperavam calmamente até que todos os novatos chegassem e tomassem seus lugares.

Os novatos foram convidados a acompanhar o pensador Eghon até a arena. Durante o trajeto ainda se ouvia o murmúrio de centenas de vozes que vinham do Phanteon.

Gabrielle não tinha visto Jullyan; procurou por ele assim que chegou, não o tinha visto em lugar algum e não parava de procurar por ele. O que a fez se perguntar por que motivo ele faltaria no primeiro dia de aula. Logo se distraiu tentando evitar a hostilidade dos colegas e prestar atenção ao que o pensador Eghon estava dizendo.

O grande portal de acesso à arena abriu-se instantaneamente e Hellyen Conciatem estava à espera dos jovens; seus longos cabelos prateados e suas vestes furta-cor lhe transferiam uma áurea agradável, o que acalmou um pouco o tremor daqueles jovens. Seu olhar em meio a tantos etheryanos se encontraram com o olhar de Gabrielle, e ela sentiu que, de alguma maneira, ela conseguia ler seus pensamentos.

Quando adentraram a arena, os olhos de Gabrielle foram puxados imediatamente para os tronos, onde estavam sentados o Rei Emanuel e a Rainha Felícia. Era a segunda vez que Gabrielle via a rainha e ela estava ainda mais bonita do que da primeira vez. Era radiante. Em mesas laterais estavam o Pensador Aurélyus Néquilus, e a Ministra da Consciência, que veio até eles para conduzi-los dali por diante. Eghon Praxys juntou-se aos demais pensadores e Gabrielle sentiu um certo alívio.

Em fila, separados pela ordem de seus condados, acompanharam a Ministra da Consciência pelo piso de areia e pedras soltas. Por estarem descalços, a tarefa não foi muito fácil. Gabrielle podia ouvir o burburinho dos colegas, que reclamavam da dificuldade e dos tropeços durante a caminhada. Hellyen Conciatem levou os jovens etheryanos do condado de Aquor até o centro da arena, e os demais ficaram esperando sua vez. Os jovens se agruparam no centro da arena, um pouco mais perto do que lhes havia sido recomendado, olhando nervosos para os lados.

— Bem-vindos ao Ritual de Animais-Guias — disse o Rei Emanuel, logo após ter sido anunciado por Adalton Silvestris, o arauto. — O Ritual do animal-guia é o evento mais importante de Étherys, porque enquanto viverem terão a oportunidade de aprender com seus protetores. O seu domínio e evolução de consciência dependerá de agora em diante de como aprenderão com eles: o sacrifício, a atração, a ação, o desafio e a verdade. "As cinco chaves para a expansão da consciência e elevação de nível de felicidade."

"Cada animal tem sua própria energia poderosa e honrosa, e já produziu etheryanos extraordinários. Enquanto estiverem em Kaibalyon, os seus atos e decisões, baseados nos cinco valores, renderão degraus para a escalada rumo ao reservatório dos sonhos. Enquanto que as decisões contrárias os farão descer até o Pensorum Odiatum, de onde terão que recomeçar. Esses degraus perdidos poderão ser recuperados na batalha dos enigmas, caso seja o vencedor. Espero que cada um de vocês, meus jovens heróis aprendizes, sejam motivo de orgulho para seu animal-guia, para sua família, para seu condado, e para todo o Reino de Étherys."

Cada vez que o Rei Emanuel pronunciava a expressão Animais-Guias, Gabrielle sentia o coração bater mais forte. Uma energia estranha parecia estar vibrando dentro dela.

Hellyen Conciatem fez sinal para que os pais dos jovens pudessem adentrar a arena e juntar-se a eles naquele que seria o momento mais importante de suas vidas. Enquanto aguardavam a chegada dos pais, ela aproveitou para dar as últimas instruções aos jovens:

— O ritual vai começar dentro de alguns minutos na presença de etheryanos de todos os condados, convidados do próprio Rei Emanuel. Aproveitem para se arrumar o melhor que puderem enquanto esperam. Podem estender seus tapetes e sentar-se em posição de aprendiz.

Seu olhar caiu direto para Damastor Grandys, que estava com seu yontal desalinhado e ela mesma apertou a corda de lúmens para que voltasse a posição correta. Ingrid Ferdinandys, estava muito nervosa, tentou arrumar sua trança que se enrolara a seu pescoço, sua tremedeira a impedia. Os pais chegaram, sentaram-se um de cada lado de seus respectivos filhos e os ajudaram com os últimos ajustes em suas aparências.

— Por favor, aguardem em silêncio — disse a Ministra Helien e se retirou da arena.

Gabrielle engoliu em seco. Não aguentando mais de curiosidade, falou baixinho com Verena.

— Como é que eles nos escolhem? Pelos condados?

— Também gostaria de saber — ouviu Damastor dizendo.

— Eu também — desta vez foi Miranda Netchop quem se pronunciou.

— Silêncio! Não ouviram o que Hellyen Conciatem lhes pediu? — advertiu Verena.

— Será que teremos que participar de alguma Batalha de Enigmas? — continuou Gabrielle, não se importando em quebrar o protocolo do Ritual.

— Será? Eu desisto se for assim! — argumentou Damastor.

Gabrielle estava ficando cada vez mais ansiosa e já beirava ao princípio de pânico. Sua vontade era de fugir correndo dali o mais depressa que pudesse; quando olhou à sua volta e percebeu que os outros também pareciam apavorados, relaxou um pouco.

Ingrid, que era a mais faladeira de todas, naquele momento parecia ter engolido a língua, aliás, Gabrielle não conseguiu perceber se ela ao menos respirava.

Então aconteceu algo que a fez estremecer e segurar a boca com a mão para não gritar. Houve um princípio de pânico e quando ergueram os olhos, Damastor Grandys gritou:

— Meu Morphys!

Centenas de animais translúcidos e furta-cor sobrevoavam a arena. Eram leões, cobras, águias, lobos, golfinhos... procuravam dentre os heróis aprendizes aquele que seria seus protegidos. Os animais atravessavam as paredes, as arquibancadas, os próprios etheryanos e pareciam estar se divertindo horrores. Depois de um tempo, seus rugidos, grasnados, pios e latidos puderam ser entendidos e foi possível entender que os animais discutiam entre si. Um leão, que parecia comandar os demais animais, disse:

— Não sei por que Morphys quer dar a ela outra chance...

— Porque todos merecemos! Não é esta a lei de Étherys, meu caro? — respondeu um guaxinim.

— Eu a escolheria, você não? — perguntou um golfinho ao leão.

— Jamais! Não sei o que essa garota está fazendo aqui! Não entendo os desígnios de Morphys!

O Rei Emanuel ergueu o cetro e, um a um, os animais foram sugados para dentro dele. Gabrielle reparou que, na ponta, o cetro tinha a forma de um infinito.

A ministra da Consciência Hellyen Conciatem se aproximou do centro da arena.

— Agora façam fila e me sigam.

Gabrielle baixou depressa os olhos quando a Ministra Hellyen Conciatem olhou diretamente para ela. Sabia que ela podia ler seus pensamentos e ver o quanto estava apavorada. Quando tornou a levantar o olhar, os cinco Guardiões de Étherys estavam na sua frente.

A arena inteira irrompeu em aplausos, e quando o barulho finalmente acabou, os Guardiões fizeram uma leve reverência aos jovens no centro da arena. Em seguida, voltaram-se na direção do rei e da rainha, inclinando-se.

O Pensador Aurélyus Néquilus adiantou-se, ele segurava um pergaminho em suas mãos.

— Meus caros heróis aprendizes! Quando ouvirem seus nomes, vocês devem vir até a presença do Rei Emanuel. Curvem-se para que seu animal-guia possa nascer em seu infinito. Gardênia Preston!

Uma jovem heroína de rosto pálido e cabelos prateados saiu cambaleante da fila, curvou-se diante do Rei Emanuel, que lhe tocou com o cetro em seu peito, e pronunciou algumas palavras. O tempo parou momentaneamente...

— Boi — anunciou o Rei Emanuel.

A plateia de Étherys deu vivas e bateu palmas quando Gardênia foi lançada para trás pela força de seu animal-guia, que saiu de seu peito. Era inacreditável! Gabrielle viu o momento em que o boi dava voltas ao redor da garota e, em seguida, voltava para dentro dela num piscar de lúmens.

Gardênia foi conduzida por Desdenhus, o Guardião de Étherys, até a lateral da arena, e ela exibia a marca do infinito em seu peito com um lindo sorriso no rosto, que agora recuperava a cor original.

— Camélia Trudius! — chamou o Pensador Aurélyus.

O Condado de Aquor deu vivas e saudou quando Camélia foi até a presença do Rei Emanuel. Gabrielle viu um golfinho saindo de seu peito e brincar alegremente com ela.

— Miranda Netchop!

— Girafa — anunciou o Rei Emanuel, e Miranda foi aplaudida de pé pelos etheryanos do Condado de Terryor no momento em que ela cruzava a arena e se juntava aos demais.

— Ingrid Ferdinandys!

Desta vez foi o Condado de Fígys que aplaudia sua heroína. Vários etheryanos de outros condados também se levantaram para aplaudir a garota de cabelos vermelhos encaracolados que cruzava o salão, brincando com seu antílope.

Thiago Trudius de Aquor, irmão de Camélia, foi escolhido por um hipopótamo, e Alvarus Néquilus recebeu uma coruja. O Pensador Aurélyus não escondia a satisfação de ver seu filho receber o mesmo animal-guia que o seu próprio.

Mozar Cravius e Damastor Grandys, do Condado de Terryor, foram escolhidos por um guaxinim e um búfalo, respectivamente.

A essa altura, Gabrielle já estava sentindo um enorme mal-estar. Lembrou-se do quanto tinha medo de cobras e macacos e não sabia se implorava a Deus ou a Morphys para que não fosse escolhida por nenhum desses animais.

Alguns heróis eram escolhidos rapidamente por seus animais, outros demoravam um longo tempo. Muitos cavalos, gatos, porcos e leões depois, Gabrielle já estava preocupada em perceber que ninguém havia sido escolhido por uma cobra ou macaco e já começava a achar que esta seria sua sina.

Faltavam poucos heróis naquele momento... até que, finalmente, ela ouviu:

— Gabrielle Acquamor!

Quando ela finalmente se levantou, a histeria tomou conta da arena. Os lúmens giravam em alta velocidade e a ministra da felicidade, Ana Sorydium, não parava de consultar o holograma que dava conta de que o IFIB caía a proporções alarmantes.

— Aqui, Gabrielle! — disse a Guardiã Curitys, indicando a direção que ela deveria seguir ao perceber que ela estava desnorteada.

Diante do Rei Emanuel, ela se curvou. A sensação era a de um vulcão entrando em erupção dentro de seu peito.

— ... Então... quem vai escolhê-la? — Ouviu o Rei Emanuel dizer. — Como assim?... Está bem! Seja feita a tua vontade!

Gabrielle achou que o tempo havia parado. O próprio Rei Emanuel não conseguia disfarçar o incômodo que sentia, até que finalmente anunciou:

— Lobo e águia.

Gabrielle ouviu o anúncio de que fora escolhida por DOIS ANIMAIS-GUIAS! De certa forma sentiu-se aliviada por não ter sido escolhida por uma cobra ou um macaco, e não se deu conta de que havia sido arremessada para o meio da plateia enfurecida.

E foi nesse momento que aconteceu.

— Socorro! Venha me salvar, Gabrielle! Estou no deserto dos sonhos perdidos! Me ajude!

O lobo e a águia, pegando carona no vórtice de lúmens que se formou, mergulharam num voo e a resgataram antes que Gabrielle fosse pisoteada.

Ela teve muita dificuldade para fazer com que seus animais-guias voltassem ao seu infinito; a emoção que veio com eles era indescritível e levou muito tempo para entender que se tratava de excitação. Gabrielle teve a sensação de ter sido atirada na lava incandescente de um vulcão.

Quando voltou a respirar, recebeu os abraços de Ingrid e Damastor, e viu o momento em que a plateia, decepcionada, deixava a arena. Em seguida, um portal de lúmens se abriu e foi a vez do rei e da rainha voltarem para o castelo de Étherys.

Naquela mesma noite, os heróis aprendizes de Kaibalyon se reuniram no Phanteon.

Aurélyus Néquilus levantou-se, sorrindo.

— Bem-vindos à Kaibalyon — disse, entusiasmado. — A partir de hoje terão a oportunidade de expandir a consciência e materializar seus sonhos. Kaibalyon é o lugar certo para quem tem um desejo ardente no coração.

Gabrielle estava boquiaberta. Diante dela, hologramas mostravam todo tipo de casas, alimentos, amigos, momentos de felicidade e paz. Bem diante de seus olhos ela se viu refletida no holograma... ela estava abraçando Eloá, sua mãe... Era o paraíso.

Não é que Gabrielle não tivesse realizado seus sonhos quando estava na Terra. Mas ali em Étherys era tudo possível. Na verdade, ela se dava conta de que não sabia que poderia sonhar tanto.

— Teu sonho parece ótimo — disse o Guardião de Étherys ao se aproximar de Gabrielle.

— Você também viu? Senhor... Guardião...

— Sim! Todos viram... Desdenhus, meu nome é Desdenhus, sou o guardião da Chave Action. Sou o responsável por toda a ação que você vai ver em Kaibalyon.

— Eu sei quem você é, guardião — disse Gabrielle —, Tratyrus já me falou de você.

— Espero que tenha lhe entregue meu recado quando atravessaram o Portal do Roncador.

— Recado? Que recado, Desdenhus? Não recebi nenhum recado.

— Eles não a fizeram subir a serra várias vezes?

— Ah! Aquilo foi um recado seu? — perguntou Gabrielle, mudando de expressão.

— Exatamente! — disse o Guardião Desdenhus, afastando-se em seguida.

O Pensador Aurélyus Néquilus chamou a atenção de todos outra vez. O Phanteon ficou em silêncio.

— Tenho alguns avisos de início de jornada, meus caros heróis — disse calmamente. Seu olhar parecia direcionado à Gabrielle.

"Aquele que roubar as sementes de sonhos do outro, será expulso de Kaibalyon." Gabrielle teve a impressão de que todos olhavam para ela, então fixou os olhos no chão.

"É proibido materializar sementes de sonhos durante as aulas."

"Os alunos do primeiro nível de consciência não podem, sob hipótese alguma, entrar no labirinto de enigmas sozinhos, a menos que queiram ir parar no deserto dos sonhos perdidos, é claro!"

— Ele está falando sério? – Gabrielle perguntou a Damastor.

— Deve estar — respondeu Damastor —, ele nunca mente... ao menos é o que dizem.

"As batalhas de enigmas começam na semana que vem, quem pretende ingressar na Brigada da Coragem de seus respectivos condados, esteja atento às provas."

— Agora façam fila e sigam seus guardiões.

Os guardiões conduziram os novatos e eles se misturaram aos demais heróis aprendizes. Depois de um tempo receberam uma máscara e foram instruídos a colocá-la. A máscara escondia não só o rosto, também os cabelos. Por isso não se podia identificar de qual condado era cada um.

Sécryfus abriu um portal e convidou os heróis a atravessá-lo. Quando chegou do outro lado, Gabrielle percebeu que estava junta a um grupo de 14 heróis. Só não sabia dizer quem.

— Espero que o príncipe Benjamin Véquillas esteja neste grupo — uma voz feminina a seu lado havia dito isso. Era familiar.

— Cuidado com o príncipe — disse outro herói, bem ao lado de Gabrielle —, ouvi dizer que ele tem o Olhar do Ego, cuidado para ele não roubar seus sonhos.

Gabrielle ficou calada, preferiu se concentrar no Guardião Sécryfus, afinal parecia mais apropriado naquele momento. A simples presença dele a tranquilizava.

Gabrielle não estava se sentindo à vontade, aquela voz ainda ecoava em sua cabeça, clamando por socorro. Colocou sua máscara e entrou na fila sem saber a quem estava seguindo, a não ser o Guardião Sécryfus, que os conduziu por um longo corredor até chegarem ao dormitório 14.

CAPÍTULO OITO

Os guardiões de sonhos

— Sabe por que estamos usando máscara?

— Para não ter que ver a "cara dela"! Ouvi dizer que ela está aqui.

— Você já a viu?

— Sim, na cerimônia do animal-guia.

— Espero não ter que ficar com ela no mesmo dormitório.

Gabrielle ouvia os murmúrios desde que atravessara o portal e chegara ao dormitório. O garoto que falava sem parar tinha uma voz irritante e não dava para saber de qual condado ele era, por causa da máscara.

Distraída, Gabrielle não percebeu a presença da Guardiã Curitys a seu lado.

— Curitys! Que bom que está aqui. Tenho tantas perguntas, e confesso que estou apreensiva, não consigo me concentrar para ouvir as instruções, gostaria que não falassem de mim o tempo todo.

— Não se preocupe, terá muito tempo para conquistar o coração de todos em Kaibalyon. Tudo a seu tempo.

Tudo a seu tempo, pensou Gabrielle, parecendo que esta era a única coisa que todos tinham para lhe dizer desde sua chegada em Étherys.

— Muito bem, meus jovens... chegou o momento de conhecer seus companheiros de alojamento — disse a Guardiã Curitys, batendo suas mãos para chamar a atenção para si. — Podem tirar suas máscaras.

À medida que os rostos iam aparecendo, uns olhavam para os outros e sorriam, mas quando Gabryelle Acquamor retirou a sua e seu rosto apareceu, houve um silêncio mortal, quebrado pela expressão de indignação de Fausto Liffer, que pronunciou sem pestanejar.

— É muito azar.

Houve um longo suspiro, e em seguida, um desconcertante silêncio. Mas Damastor Grandys manifestou-se timidamente, dizendo:

— Ahh pessoal, tudo bem. — E todos olharam pra ele com ar de interrogação, ao que estufou o peito.

Gabryelle relaxou os ombros quando soube que Damastor e Ingrid estavam com ela no mesmo alojamento. Então olhou para os demais companheiros e pôde identificá-los um a um.

Do Condado de Terryor, além de Fausto Liffer, também estava Damastor Grandys. Do Condado de Aerys, Angenora Tuddor e Valquíria Vultus. Do Condado de Fígys, Abelle Pittar, Arden Voltarph, Kellen Stefanellus e Ingrid Ferdinandys. Do Condado de Étherys, Alvarus Néquilus e Vitório Estipyus, e do Condado de Aquor, Gabryelle reconheceu Camélia Trudius, Eduardo Trudius e Thiago Presquar.

— Essa garota é uma maldição! — disse Fausto Liffer. — Veja o que aconteceu com Jullyan Quador.

— O que aconteceu com Jullyan — indagou Gabrielle, pressentindo que algo horrível havia acontecido.

— Ele está morto! Disse que podia voar e que você o havia ensinado. Pulou no precipício e morreu. Você não viu o holograma que chegou?

Quando a professora Irenys Lentlas veio buscá-los na manhã seguinte para a primeira aula, encontrou 12 ocupantes do quarto sentados nas duas camas do canto, conversando animadamente, e Gabryelle Acquamor na companhia de Damastor, com os olhos em brasas. Ela havia chorado a noite inteira.

— Sigam-me! Em fila dupla, por ordem de tamanho do maior para o menor — apenas disse a professora.

Havia mais de cem portais de lúmens em Kaibalyon: alguns ficavam permanentemente abertos, como os que levavam as diferentes salas de aulas, outros que só apareciam às sextas-feiras, quando tinha prática de enigmas no Labirinto. Além disso, havia portais que só abriam com o comando dos Pensadores, e também tinham portais que não eram bem portais, e se escondiam atrás de paredes sólidas e que poucos conseguiam vê-los. No início, Gabrielle teve muita dificuldade em se lembrar de onde ficavam as coisas, porque tudo ficava na sua imaginação, e pareciam mudar de lugar com frequência. Perguntar aos colegas não ajudava muito, eles também compartilhavam das mesmas dúvidas.

Os pensadores também não ajudavam muito. Gabrielle demorou para se acostumar com suas aparições e era motivo de riso sempre que um deles atravessava um portal. Tácito Pensattus era o único que parecia ter vontade genuína de ajudá-la e ficava sempre feliz em apontar a direção certa das coisas para a menina de cabelos azul-claros do Condado de Aquor.

Melhor que os pensadores era o faz-tudo, Ladislau Netler. Gabrielle e Damastor conseguiram conquistá-lo logo na primeira semana em Kaibalyon, quando lhe ajudaram com sua cobra, que havia se perdido ao atravessar o portal que levava ao labirinto proibido no jardim. Ele não queria acreditar que estava perdida, tinha certeza que a tinha deixado em seu quarto, quando foi salva por Gabrielle e Damastor.

Ladislau Netler chamava sua cobra de Mortalys, ela não era venenosa, e não metia medo em ninguém, a não ser, é claro, em Gabrielle. Mortalys tinha olhos iguais ao do seu dono e pareciam um círculo de lúmens. Nada escapava aos seus olhos e era difícil escapar tanto de Ladislau, quanto de sua cobra Mortalys.

Gabrielle logo descobriu que dominar seus animais-guias e mantê-los presos em seu infinito era muito mais difícil do que pensava, e até para encontrar os portais certos para as salas de aula, ficava irritada e eles saíam. Tinha que fazer um esforço gigantesco para se acalmar e trazê-los de volta. Estava sempre precisando da ajuda dos outros para identificar qual era a emoção responsável por abrir o infinito no peito, o que não era nada fácil de conseguir, já que com exceção de Damastor Grandys e Ingrid Ferdinandys, todos os demais deixavam claro que a detestavam.

Todos os dias os heróis aprendizes tinham que praticar visualização criativa, sempre às onze horas e onze minutos, quando o Portal de Morphys se abria no firmamento. Três vezes por semana iam para o Cubiculum Hospitalem para estudar Mudras com o Professor Edgard Xantras, um Pensador de Kaibalyon, baixinho e sorridente, que os ensinou a arte das penas e do toque com as mãos para curar as diversas doenças dos etheryanos.

Durante a visualização, Gabrielle aproveitava para rever Jullyan e conversar com ele. Sentia-se bem, mesmo sabendo que não era de verdade.

Gabrielle detestou a aula de Estudo dos Medos, era ensinada pelo Professor Tácito Pensattus. Mas se conformou, era a única aula em que os colegas não implicavam com ela. O Professor Tácito também dava aulas de Ladrões de Sonhos, e Gabrielle tinha particular interesse sobre este assunto.

O Professor Justus Zitler ensinava pensamentos e sentimentos, era um Pensador muito alto, mesmo que sentado; conseguia enxergar toda a sala. Quando no primeiro dia de aula fez a chamada dos alunos e pronunciou o nome de Gabrielle Acquamor, um portal se abriu no meio da sala e todos foram parar no passado, no momento em que Vídia soltava a folha com o nome Gabrielle Acquamor; era o momento de seu batizado, quando ela, diferente de todos os etheryanos, riu alto ao invés de chorar. Quando voltaram para a sala de aula, os risos cessaram e o professor quase não conseguiu fazer uma *explosão de alegria* (quando o herói aprendiz lança um olhar quântico na direção do outro e o faz rir), uma das formas de energia mais simples da pauta.

A Professora Irenys Lentlas era particularmente especial. Gabrielle estava muito animada com suas aulas. Ela era muito calma e inteligente, no início de sua primeira aula fez um pronunciamento que deixou todos boquiabertos.

— A Visualização e os Estudos dos Sonhos são as matérias mais complexas e importantes que vão aprender em Kaibalyon. Quem quiser evoluir na consciência e se tornar um verdadeiro herói aprendiz deve se empenhar ou correrá sério risco de tornar-se um infeliz. Nossa primeira tarefa será confeccionar o Quadro dos Sonhos. Temos que saber para onde estamos indo se queremos traçar os melhores caminhos.

Naquele instante, quadros de sonhos surgiram nas mesas dos alunos; eles continham os brasões de todos os condados do Reino de Étherys, e o lugar onde cada herói aprendiz deveria escrever seu nome. Ouviram atentamente as explicações da Professora Irenys Lentlas, receberam seus tapetes e puderam iniciar seus processos de visualização. No final da aula, somente Gabrielle conseguira manifestar um sonho. A professora se espantou quando, ao dispersar os alunos da sala, viu a figura de Gabrielle desenhada no mapa. Ela acabara de acertar uma flecha no coração de Medlor, sua expressão de calma e seu sorriso desapareceram de sua face instantaneamente e ela terminou a aula alguns minutos antes do horário, desaparecendo no portal de lúmens.

Não era segredo para ninguém em Kaibalyon que todos os alunos esperavam ansiosamente para as aulas de Animais-Guias com o Professor Rubium Sabidorum; suas aulas, apesar de perigosas, eram muito divertidas. O professor Rubium era alto e tinha seus cabelos em forma de cone, presos a fios de lúmens no alto da cabeça. Ele era do Condado de Terryor e, assim como todos os habitantes de lá, seus cabelos eram verdes.

Seu animal-guia era um galo, e toda uma geração de sua família, seu pai, seu avô e seu bisavô, também tiveram o mesmo animal-guia, contou ele. Os alunos acharam estranho, não sabiam que isso era comum de acontecer.

Ele contou que seu animal-guia era uma espécie de "carma" de família, os alunos não tinham muita certeza se acreditariam na história, já que em Étherys não existia esse negócio de "carma".

De qualquer modo, quando a primeira semana de aula chegou ao fim, Gabrielle se sentiu aliviada ao descobrir que não era a única atrasada em relação ao restante dos alunos. Como ela, não faziam ideia do que era ser um herói aprendiz ou um pensador de Kaibalyon. Havia muito a aprender e ela imaginou que tinha ao menos Damastor, com quem poderia contar para ajudá-la.

Na sexta-feira Gabrielle conseguiu encontrar o portal para o Phanteon sozinha e, terminado o ritual dos alimentos, já estava mais confiante em andar sozinha por Kaibalyon.

— Que aula teremos hoje, Damastor? — perguntou Gabrielle enquanto degustava um generoso pedaço de torta de maçã.

— A nossa primeira aula prática de Enigmas com a Professora Leysa Marys. Hoje vamos conhecer o labirinto. Dizem que ele é vivo e pode prender você para sempre. Hoje saberemos se é verdade.

— Gostaria que Tratyrus estivesse conosco. Ouvi dizer que a Professora Leysa Marys é de Terryor, e gosta de pregar peças nos alunos nas primeiras aulas, só para testá-los — disse Damastor.

— Não tenho medo de testes — respondeu simplesmente Gabrielle, tentando esbanjar confiança.

— Nesse caso, gostaria de formar dupla com você, posso?

— Por mim tudo bem — respondeu Gabrielle no momento em que um holograma se abriu na sua frente, no Phanteon, durante o ritual dos alimentos.

Agora Gabrielle já estava acostumada com eles. No primeiro dia levou um grande susto quando centenas de hologramas se abriram na frente dos heróis-aprendizes de Kaibalyon, trazendo notícias de casa.

Das outras vezes, eram Verena e José quem apareciam através do holograma, trazendo notícias do castelo. Naquela manhã, outra figura aparecia para Gabrielle. Era Helien Conciatem.

— Olá, Gabrielle! Como passou a primeira semana em Kaibalyon?

— Muito bem, senhora. O que faz aqui? Fiz algo de errado?

— Não sei, fez?

— Não que eu saiba — respondeu rapidamente Gabrielle.

— Então não tem com o que se preocupar, somente torna-se errado quando tomamos consciência de que é errado.

— Então o que faz aqui?

— Vim convidá-la para ir até o Pensorum Odiatum neste final de semana. Quero saber como foi a sua primeira semana em Kaibalyon. Posso contar com você? Amanhã?

— Está bem — respondeu Gabrielle, no momento em que o holograma desaparecia na sua frente e todos os outros alunos pareciam estar olhando apenas para ela.

Ela fez de conta que não percebeu os olhares desconfiados e, ao invés disso, começou a se preparar mentalmente para sua primeira aula prática de Enigmas. Ela não fazia ideia do que aconteceria no Labirinto e seria a primeira aula fora de Kaibalyon.

O Labirinto era um lugar frio e ficava no jardim de Kaibalyon. Era um lugar sombrio e coberto pelas brumas e pelas sombras da floresta que circundava a escola e, assim que chegaram à entrada, Gabrielle teve a impressão de que as trepadeiras que formavam as paredes do labirinto queriam pegá-la.

A Professora Leysa Marys começou a aula formando as duplas e, quando chegou ao nome de Gabrielle, ela parou e levantou seu olhar na direção da garota.

— Ah, sim — balbuciou —, Gabrielle Acquamor. "A enviada de Morphys."

Alvarus Néquilus e Abelle Pittar, que formaria dupla com ele, deram risada, escondendo a boca com as mãos. Leysa Marys parou o que fazia e encarou a classe. Seus olhos eram negros como os de Gabrielle, não tinham o brilho comum aos etheryanos. Eram frios e vazios, e lembravam um portal escuro e desconhecido. Os alunos se calaram e a professora prosseguiu com a formação das duplas.

Damastor pediu para formar dupla com Gabrielle, e a Professora Leysa concordou de imediato.

— Vocês estão aqui, caros heróis aprendizes, para aprender a sutil arte de desvendar os enigmas — começou a dizer a Professora Leysa Marys. Ela falava calmamente, em tom baixo, e os alunos prestaram muita atenção e não perderam nenhuma orientação. Ela tinha o dom de manter a turma concentrada sem muito esforço, e seu olhar deixava claro que ela não era uma pessoa a quem se devia contrariar. — Aqui não faremos nada tolo, isso aqui não é brincadeira. Espero que realmente entendam a beleza de uma semente de portal. Procurem avançar lentamente pelo labirinto, a pressa é inimiga da perfeição, e fiquem atentos às brumas e ao menor sinal de lúmens. Tudo aqui é imaginação e cabe a você, caro herói aprendiz, discernir o que vem de fora e o que vem de dentro de sua mente. Tudo o que vão experimentar pode confundi-los... não posso ensinar-lhes a sonhar, mas posso e vou ensinar-lhes a arte de decifrar os enigmas, isso se seus sonhos forem maiores do que seus medos, é claro.

O silêncio era mortal e não piscaram durante o discurso da Professora Leysa. Gabrielle e Damastor se entreolharam com as orelhas em pé e os olhos arregalados. Ingrid Ferdinandys, que fazia dupla com Thiago Presquar, estava na ponta dos pés, e parecia desesperadamente tentar enxergar além do que seus olhos podiam ver, na entrada do Labirinto.

— Gabrielle Acquamor! — gritou Leysa Marys repentinamente. — O que acha que vem além da escuridão? Além do labirinto de enigmas?

Gabrielle olhou para Damastor, que arregalou ainda mais os olhos, e Ingrid Ferdinandys se encolheu atrás de Thiago Presquar.

— Somente a luz pode vir da escuridão, além do labirinto de enigmas eu não sei o que pode vir, professora.

Os olhos negros da professora Leysa Marys ganharam um brilho repentino que logo se transformou num sorriso de admiração.

— Pelo visto não podemos duvidar que veio até nós enviada pelo próprio Morphys. Será que finalmente alguém de Aquor irá se destacar na Batalha de Enigmas?

Então se virou e procurou por Ingrid Ferdinandys que continuava tentando se esconder.

— Senhorita Ingrid Ferdinandys. O que acha que pode ver através de seu colega Thiago Presquar? Acredita mesmo que ele pode escondê-la?

Ingrid Ferdinandys saiu de trás do companheiro e, sem parar de tremer, tentou não olhar para a Professora Leysa Marys. Ao invés disso, seu olhar procurou os de Gabrielle, e foi então que ela viu alguma coisa, como se os seus olhos fossem um portal de lúmens.

— Acho que posso ver o que eu quiser ver, professora — respondeu Ingrid, levantando a cabeça.

— Gabrielle! Perderá algumas sementes de sonhos por ter dado cola para a colega, você não pode sonhar os sonhos dos outros. Cada um deverá buscar dentro de si a energia que faça germinar seus próprios sonhos.

— Não fiz nada, professora — retrucou Gabrielle.

— Não? Terá tempo para pensar sobre isso quando for encontrar-se com Helien Conciatem.

Gabrielle se esforçou para não responder e desviou o olhar daqueles olhos frios. Teve a sensação de que alguma coisa dentro do labirinto chamava por ela. Prestou atenção e não conseguiu ouvir nada.

Naquele momento ouviu-se um estampido e um som de alguma criatura agonizando, que vinha do labirinto. E em seguida, a voz da Professora Leysa Marys:

— Muito bem, Gabrielle e Damastor, vocês têm quinze minutos para descobrir o que se esconde na escuridão do labirinto. Preparados?

Gabrielle olhou para Damastor e saiu na frente em direção ao desconhecido. Caminhava imponente com sua corda de lúmens que parecia querer pular de sua cintura. Empunhava o arco e a flecha, pronta para atirar. Tinha acabado de dar os primeiros passos dentro do labirinto quando a voz que lhe era muito conhecida chegou aos seus ouvidos.

— Gabrielle! Venha me salvar, eu estou aqui! Socorro!

— Você ouviu isso, Damastor?

— Não ouvi nada. Deve ser coisa da sua imaginação. Acho melhor ir na frente. Espere aqui!

— Esperar aqui? Você só pode estar brincando, ou vamos os dois ou não sairemos daqui.

Damastor tentou passar à frente de Gabrielle, percebeu que estava preso pela corda de lúmens da colega e teve que andar a seu lado. Ele não conseguia aquecer sua semente de portais e teve que acompanhar a colega para onde ela dizia que a voz a estava chamando. Os quinze minutos passaram rápido e, quando saíram do labirinto, Damastor estava visivelmente cansado e atônito. Ele tinha uma expressão estranha e não falou nada; trazia marcas nos braços e gemia de dor. Gabrielle saiu ilesa e com um sorriso na face. Não ousaram lhe perguntar o que ela tinha visto no Labirinto, estava na cara que havia sido algo bom.

— Levem Damastor para o Cubiculum Hospitalem — ordenou a Professora Leysa Marys.

Enquanto esperavam o portal de lúmens se abrir para voltar à Kaibalyon, os pensamentos e as vozes que Gabrielle ouvira no Labirinto se misturavam em sua cabeça. Havia perdido sementes de sonhos logo na primeira semana e já saía em desvantagem. Onde será que Damastor tinha ido? Por que não ficara ao seu lado no labirinto? Tudo era tão confuso.

Na manhã seguinte era sábado, e eles tinham o dia livre. Gabrielle segurou a semente de um portal e leu "Pensorum Odiatum" quando as duas palavras surgiram na sua frente. Uma jovem um pouco mais velha que ela aguardava na entrada de uma sala em forma de mandala.

— Seja bem-vinda, Gabrielle — pronunciou a moça assim que tirou o olhar de seus afazeres. — Sou Jade Lanzabel, secretária aqui no Ministério da Consciência. Pode por gentileza assinar o livro de visitas?

Havia um livro de visitas? Então ficaria registrado que ela já estivera ali. Será que isso contava ou tirava sementes de sonhos para sua evolução? Gabrielle se questionava quando um portal de lúmens se abriu em uma das laterais do salão em forma de mandala. Helien Conciatem estava parada à porta e fez sinal para que Gabrielle a acompanhasse.

Não havia nenhum móvel na sala quando Gabrielle instintivamente repetiu os mesmos movimentos à ministra; um sofá de lúmens as recebeu e Helien começou a falar.

— Fique à vontade, Gabrielle, não tenha medo de mim, não sou tão feroz quanto pareço.

— Pode me dizer se Damastor está bem? — Gabrielle perguntou à Helien, que se endireitou no sofá.

— Sim, ele está bem. Já está de volta ao dormitório. O labirinto tem dessas coisas.

— Por que não me recordo de nada do que aconteceu lá? E as vozes que ouvi? De onde vinham? Quem chamava por mim?

— Também estamos investigando o que aconteceu, Gabrielle. Quanto às vozes, só você mesma poderá descobrir. Acreditamos que foi obra do General Incognitus. Ele tem perseguido a Professora Leysa Marys e, de alguma forma, pode ter entrado no labirinto para causar toda essa confusão.

— General Incognitus? Aquele que tem domínio sobre o desconhecido? O aliado de Medlor?

— Ele mesmo! Do que mais você se lembra? Qualquer coisa pode ajudar.

Gabrielle contou a Helien Conciatem sobre a aula com Leysa Marys, o momento em que entrou no Labirinto com Damastor e viu ele se afastar dela, e as vozes que chamavam por ela como sendo as mesmas vozes que ouvia desde o dia em que acordou no hospital na Terra.

— Desta vez havia algo de diferente naquela voz, ela parecia ser de alguém que carregava muito ódio.

— Que estranho! E como vão as outras aulas?

Gabrielle se perguntou se a ministra havia mudado de assunto de propósito. Mesmo assim contou-lhe sobre suas aulas de visualização criativa com a Professora Irenys Lentlas, as aulas de animais-guias com o Professor Rubium Sabidorum e do quanto estava ansiosa para controlar suas emoções para que seus animais pudessem finalmente ser controlados sem que saíssem o tempo todo de seu infinito.

Naquele momento, uma jovem entrou na sala. Ela trazia um holograma em suas mãos. Entregou-o nas mãos da Ministra Helien Conciatem e saiu sem dizer nenhuma palavra. Ela tinha os cabelos azuis e lembrava alguém do Condado de Aquor que Gabrielle conhecia, apenas não conseguiu se lembrar.

— É Valda Martrus — disse Helien Conciatem, como se lesse os pensamentos de Gabrielle. Ela é a holograma-controler do ministério. Vamos ver qual a notícia que ela nos trouxe?

Quando o holograma se abriu, um funcionário do Ministério da Consciência, trazia as últimas notícias sobre o que ele chamou de:

O CASO DO LABIRINTO!

"Foi dado início às investigações sobre o Caso do Labirinto, ocorrido no dia de ontem, durante as aulas de Enigmas da Professora Leysa Marys, em Kaibalyon, a Escola do Herói Aprendiz, que se acredita ter sido trabalho do General Incognitus, um dos aliados de Medlor, o Senhor do Medo. Damastor Grandys, um dos alunos que teve seus braços marcados por algo dentro do labirinto, passa bem e, segundo o Mudra Edgard Xantras, seus ferimentos já desapareceram por completo graças ao toque quântico. Por que será que o único aluno que foi ferido no evento estava em companhia da "enviada de Morphys"?

Gabrielle se esforçou para lembrar de mais alguma coisa do que haviam presenciado no Labirinto, mas não conseguiu.

— Gabrielle! — exclamou Helien Conciatem. — Não pense que foi você a causadora do que houve com Damastor. Você ouviu vozes e não sabemos quem mais estava lá no labirinto.

Não havia a menor dúvida, o labirinto era um lugar muito estranho e amedrontador. Mesmo não se lembrando do que havia acontecido, Gabrielle sabia que não faria nada contra o amigo Damastor, e isso foi um pensamento que lhe trouxe alguma paz. De quem eram aquelas vozes?

Quando Gabrielle voltou para Kaibalyon, o ritual dos alimentos já havia acabado e ela voltou para o dormitório com o estômago roncando de fome. Damastor a aguardava sorrindo e tirou dos bolsos um pedaço de torta de maçã para a amiga. Gabrielle pensou que nada até agora do que havia acontecido desde que chegara a Étherys lhe dava tanto no que pensar quanto o mistério do que havia acontecido no labirinto. Será que ela havia ferido Damastor? Onde estava a flecha que havia sumido de sua aljava? Será que Leysa Marys sabia de algo sobre o General Incognitus?

Só de uma coisa Gabrielle tinha certeza: não seria uma noite fácil e ela tinha que dormir para plantar seus sonhos.

CAPÍTULO NOVE

A batalha no labirinto de enigmas

Gabrielle jamais acreditou que fosse encontrar alguém de que gostasse mais do que o irmão Rafael. Quando conheceu Damastor Grandys, teve certeza de que havia encontrado alguém muito especial.

Os alunos do primeiro ano foram separados por condados e, naquele dia, os alunos do Condado de Aquor teriam aulas de arco e flecha com os alunos do Condado de Terryor. Isso alegrou Gabrielle, que teria a companhia de Damastor. Ela se sentia mais forte e preparada para enfrentar os demais alunos, estando a seu lado.

As aulas de arco e flecha começaram na segunda-feira, e Gabrielle estava ansiosa para mostrar suas habilidades. Ela soube que em Étherys os jovens não podiam praticar com as armas antes de terem seus animais-guias, e ela já fazia isso desde que chegara à Étherys.

— Tenho certeza de que vou parecer um infeliz — disse Damastor, cabisbaixo. — Sei que você é boa com o arco e flecha e que Benjamin Véquillas também é muito bom com essa arma, aposto que é conversa dele. Dizem que ele é muito metido porque é o "príncipe" de Étherys.

— Não sei por que se preocupa com ele, só teremos aulas entre nós, Aquor e Terryor, se esqueceu?

— Você não soube? Não viu o quadro de avisos? Hoje teremos aula todos juntos — informou Damastor, que viu Gabrielle murchando. — Parece que estão procurando candidatos para a Brigada do Rei.

Todos os heróis aprendizes não falavam em outra coisa o tempo todo, desde que chegavam em Kaibalyon. A Brigada da Coragem ou Brigada do Rei era o assunto preferido de todos. Damastor até teve uma discussão com Benjamin Véquillas sobre isso, que também queria uma das vagas.

Gabrielle, porém, não via nada de importante em fazer parte de uma brigada sem ter uma missão a cumprir. Tudo o que ela queria era uma oportunidade de encontrar-se com Medlor e pôr um fim logo no Senhor do Medo.

Damastor nunca havia segurado um arco e flecha nas mãos em toda sua vida, porque em sua família, a maioria deles dominava com precisão o bastão, e com Damastor não era diferente. O que era bastante apropriado, pensou Gabrielle, que sequer conseguiu erguer o bastão do amigo quando teve oportunidade. No café da manhã da segunda-feira, Ingrid Ferdinandys deu uma aula sobre arco e flecha para os heróis aprendizes do quarto quatorze, antes de chegar ao Phanteon. Damastor praticamente devorava cada palavra da colega, desesperado para tentar aprender alguma coisa que o ajudasse a segurar o arco e a flecha, e não fazer papel de infeliz diante dos demais.

Às oito e meia, naquela manhã, Gabrielle, Damastor e os outros heróis aprendizes de Kaibalyon atravessaram o portal de lúmens correndo, e chegaram do lado de fora da Escola do Herói Aprendiz para a primeira aula de arco e flecha. O dia estava nublado, com um vento suave e perfumado que trazia da floresta o perfume das flores e da relva ainda molhada, e Gabrielle ficou aliviada quando percebeu que estavam indo na direção oposta ao Labirinto de Enigmas, cujas trepadeiras pareciam se mover e formar figuras medonhas ao longe.

Os alunos do Condado de Fígys já estavam lá, arrumando os arcos e flechas em fileiras no chão. Gabrielle ouviu quando Miguel Cantyus se queixou para Damastor Grandys sobre os arcos e flechas da escola, dizendo que algumas flechas estavam tão tortas e que seria impossível acertar o alvo, e que os arcos sempre emperravam na hora da mira.

O Guardião Sécryfus chegou. Estava animado com os novos alunos de Kaibalyon, seus olhos pareciam brasas, como os de seu beija-flor, que sobrevoava toda a turma e estava incrivelmente maior do que o normal para um pássaro de sua espécie.

— Vamos, o que estão esperando, seus molengas? — perguntou com rispidez. — Terryor primeiro! Cada um ao lado de um conjunto de arco e flechas. Vamos, não temos o dia todo.

Gabrielle olhou para os arcos e as flechas. Estavam velhas e tortas, o que restava de algumas penas amarradas com fios de lúmens já não se podiam ser identificadas, e poderiam até mesmo machucar os menos habilidosos.

— Segurem com toda força o arco e puxem a corda até não aguentarem mais — ordenou o Guardião Sécryfus diante dos heróis aprendizes. — Posicionem a flecha e mirem o alvo.

— ATIREM! — gritou Sécryfus.

As flechas partiram para todas as direções possíveis. Algumas delas caíram a poucos metros dos alunos. A flecha de Damastor simplesmente se virou no ar e atingiu o pé de Ingrid Ferdinandys, que nem se mexeu do lugar. Talvez os arcos e as flechas sentissem que não eram queridas pelos heróis aprendizes e não os obedeciam, pensou Gabrielle.

Damastor tremia tal qual as árvores da floresta, e todos perceberam o pavor que saía de seus olhos.

Edgard Xantras apareceu no mesmo instante para cuidar do ferimento de Ingrid. Parecia que ele já estava ali esperando que aquilo acontecesse. Enquanto isso, outra fileira de alunos se formava e Gabrielle se posicionou ao lado de Benjamin Véquillas, que piscou para a garota como se quisesse desconcentrá-la.

— Agora, quando eu ordenar, deem um impulso forte com o braço — disse o Guardião Sécryfus. — Mantenham as flechas firmes e curvem o corpo um pouco para trás... três... dois... Atirem!

Duas flechas ficaram cravadas no alvo. Gabrielle só sabia que uma delas era a sua.

— Os heróis que acertaram o alvo, fiquem do lado esquerdo! — gritou Sécryfus. — Os demais, fiquem do lado direito, até que todos tenham atirado e possamos mudar o alvo para uma maior distância.

— Ora, ora, ora! Se não é a "enviada de Morphys" — disse ironicamente Benjamin Véquillas ao se posicionar ao lado de Gabrielle, no lado esquerdo. Para onde mirou? Para o firmamento?

— Não. Mirei na sua flecha — respondeu Gabrielle com um sussurro.

Assim que os outros alunos estavam em posição e não poderiam mais ouvir o que os dois conversavam, Benjamin Véquillas caiu na gargalhada.

— Você é muito arrogante, sua assassina! O que está tentando fazer aqui? Quer matar a todos nós? Não basta ter acabado com a vida de Jullyan Quador? E quanto a Damastor? Todos nós sabemos que foi você que o feriu no labirinto.

— Cala a sua boca! — retrucou Gabrielle.

— Não tenho medo de você — disse Benjamin Véquillas —, não se meta comigo garota! Você não sabe que sou o príncipe de Étherys?

— O que é ser um príncipe? Por acaso teus sonhos são melhores? Tens mais direito à felicidade do que qualquer um dos etheryanos?

— Felicidade? Como poderemos ser felizes com você aqui? Por que não volta para o Deserto dos Sonhos Perdidos? Você é uma maldição!

Gabrielle achou melhor não lhe dar atenção. O sangue fervia em suas veias e seus animais-guias saltavam em seu infinito. Ao invés disso, ela sorriu para Valentin Forcyus e Ardem Voltarph, que também haviam acertado o alvo e acabavam de se juntar a ela e a Benjamin. Em sua imaginação ela se via num vórtice de alegria e percebeu que conseguia fazer alguma coisa sem que ninguém a ensinasse — era maravilhoso, era fácil. Ela conseguia controlar suas emoções.

Na próxima rodada, Gabrielle puxou a corda para trás ainda mais forte e ouviu gritos de admiração quando somente sua flecha cravou no alvo a uma distância duas vezes maior do que da primeira vez. Virou-se para Benjamin Véquillas e piscou para o príncipe, que não esboçou nenhuma reação. Ele estava literalmente abobalhado. Também acertou o alvo.

Na terceira rodada restaram apenas Gabrielle e Benjamin, e a vitória seria daquele que acertasse o alvo mais ao centro. Benjamin foi o primeiro a atirar, cravando o alvo no círculo de lúmens, pouco maior que uma maçã. Gabrielle de alguma maneira sabia o que ia acontecer. Curvou-se para trás e disparou sua flecha na direção do alvo. Cravou sua flecha no mesmo lugar, partindo a flecha de Benjamin ao meio. Os alunos de

Kaibalyon aplaudiram e pareciam que, por um momento, esqueceram quem ela era.

A mesma sensação parecia ter ocorrido com o Guardião Sécryfus, que dispensou os alunos de sua aula.

Gabrielle viu, como se estivesse num sonho, tudo em câmara lenta: o momento em que sua flecha saía do seu arco e ia em direção ao alvo; ela era torta, girava no ar, e de jeito algum poderia ter acertado a flecha de Benjamin daquela forma. A menos que estivesse sob o efeito de algum encantamento. No instante seguinte, a flecha ganhava velocidade e se endireitava, apontando para o minúsculo círculo de lúmens do alvo. E foi nesse momento que Gabrielle viu que era ela mesma quem conduzia a flecha. Ela estava em suas mãos e ela a cravou na flecha de Benjamin, voltando instantaneamente para a posição inicial, sem que ninguém tivesse visto o que aconteceu.

— Gabrielle Acquamor!

Ela perdeu a alegria rapidinho. A Guardiã Curitys vinha correndo em sua direção. E ela já tremia, imaginando que ela sabia o que havia acontecido.

— Não acredito no que meus olhos estão vendo — disse a Guardiã Curitys, não escondendo a sua admiração. — É incrível o que acaba de fazer. Onde aprendeu a atirar assim?

Dava para perceber a emoção na voz da guardiã.

— Jamais vi algo assim em Kaibalyon...

— Eu não quis fazer aquilo, Curitys...

— Não quis? Como assim? Não queria acertar o alvo? Você não teve uma visualização?

— Sim, mas... Benjamin...

— Eu sei, o príncipe tem esse poder, venha comigo, Acquamor. Agora!

Durante a trajetória pelos corredores da Escola, ainda era possível ouvir o burburinho dos colegas ecoando. Para onde estavam indo? O que tinha para dizer em sua defesa? A sensação era estranha e ao mesmo tempo excitante; algo na vibração de suas mãos dizia que não devia temer o que vinha pela frente, e tinha razão.

Chegando ao pátio onde Sécryfus ensinava arco e flecha, Curitys estava tão eufórica que atropelava as palavras.

— Sécryfus... encontrei uma arqueira para a Brigada da Coragem. Finalmente Aquor terá uma representante na Batalha de Enigmas. O reinado de Fígys está com os dias contados.

— Calma lá, guardiã, não tenha tanta certeza, ainda há muita coisa pela frente. Ela nem participou das primeiras batalhas ainda.

— Você bem sabe que ela é especial, e já tenho provas suficientes disso...

— Mesmo assim...

— Mesmo assim o quê? Não complique as coisas. Prefere que eu leve esse assunto a Aurélyus Néquilus?

— Não será necessário. Está bem, mande-a para mim às terças-feiras, cinco horas em ponto.

Cinco horas? O que ela faria às cinco horas da manhã? Não tinha a menor ideia do que ia acontecer, mas parecia que não estava enrascada, e começou a recuperar o fôlego e a sentir o coração batendo no lugar certo.

— Ela acertou a flecha do príncipe e a partiu ao meio — a Guardiã Curitys contava a Sécryfus —, você tinha que ver a cara dele. Nem você seria capaz de fazer o que ela fez.

A Guardiã Curitys parecia agora com alguém cujos sonhos tinham se materializado, todos ao mesmo tempo, tamanha a felicidade estampada em seu rosto.

— Você já assistiu a uma Batalha de Enigmas, Gabrielle? — perguntou ainda com a voz tremendo de excitação. — Sécryfus é o comandante da Brigada da Coragem e comanda a equipe campeã na Batalha de Enigmas, o Condado de Fígys — explicou a Guardiã Curitys.

— Você acredita que ela tem o físico de uma arqueira — comentou Sécryfus, agora andando em volta de Gabrielle, examinando-a. — É preciso ser ágil, forte e alta... vamos ter que esperar que ela cresça ao menos um pouco, Curitys, na minha opinião.

— Não seja maldoso, Sécryfus, está assustando a garota. Morphys sabe que precisamos de uma Brigada melhor do que tivemos até aqui. E não tem outra maneira de treinar a não ser na Batalha de Enigmas. Estou cansada de ver meu condado ser esmagado contra os figyanos, mal consigo encarar Eghon no rosto, a cada derrota...

A Guardiã Curitys olhou fixamente para Gabrielle, e então, com grande alívio, ela sorriu.

— Quero ouvir de Sécryfus que você está treinando com vontade, Gabrielle, se isso acontecer você dará orgulho a seus pais. Eles eram excelentes batalhadores de enigmas.

— Isso é verdade? Acácio e Verena?

— Sim. Bons tempos aqueles, bons tempos...

Depois do ritual dos alimentos, Gabrielle contou a Damastor e à Ingrid o que acontecera quando foi com a Curitys encontrar-se com o Guardião Sécryfus.

— Arqueira?! — gritou. — Nunca ouvi falar de um arqueiro de Aquor na Brigada da Coragem... Você vai ser a mais baixinha com certeza...

— Cala a boca, Damastor — brincou Gabrielle empurrando o amigo. Sentia-se particularmente feliz em dar orgulho à Verena e Acácio, embora soubesse que não eram seus verdadeiros pais. — Sécryfus me disse que tenho que treinar às cinco horas da manhã.

Damastor e Ingrid estavam tão admirados que ficaram apenas sentados de boca aberta, olhando para Gabrielle, apenas esperando que ela contasse mais detalhes.

— Vou começar os treinos na próxima terça-feira — anunciou Gabrielle. — Posso pedir um favor? Podem guardar segredo? Não quero provocar ainda mais os outros alunos.

Mas era tarde demais: Benjamin Véquillas, Miguel Cantyus e Kellen Stefanellus entraram nesse momento no dormitório, e foram direto para Gabrielle.

— Grande jogada — falou Benjamin em voz alta. — O Guardião Sécryfus nos contou. Estamos na Brigada também... eu e Miguel somos arqueiros também, e Kellen é esgrimista.

— Calma, pessoal, ainda não estou na Brigada. Vou apenas praticar para a Batalha de Enigmas...

— Para com isso, Gabrielle, o Guardião Sécryfus estava eufórico quando nos contou, você é muito boa. Sou testemunha, e sabe de uma coisa? Acho que Aquor finalmente tem uma chance na batalha.

— Aquor não ganha desde que seus pais frequentavam Kaibalyon — disse Miguel. — Temos que nos preparar.

— Em todo caso, Eduardo Trudius, Camélia Presquar e Thiago Presquar não estarão tão sozinhos desta vez. Eles são de Aquor e vão gostar de saber que terão reforço na batalha este ano.

Benjamin, Miguel e Kellen mal haviam saído quando Alvarus Néquilus apareceu na companhia de Ardem Voltarph, do Condado de Fígys, e Vitório Estipyus, do Condado de Étherys.

— E aí, Gabrielle, o que aconteceu? Vai ter que pegar um portal de volta para o Deserto dos Sonhos Perdidos?

— Não, Alvarus, ainda não — disse Gabrielle, tranquila. Não fui repreendida, se bem que estranhei um pouco, também acreditei que receberia uma advertência ou perderia mais sementes de sonhos para Aquor.

— Você não soube? — Ingrid perguntou. — Gabrielle está nas Batalhas de Enigmas, será uma arqueira.

— Sério? Mas você já participou de alguma batalha antes? Já assistiu uma ao menos, suponho.

— Ainda não — respondeu Damastor, virando-se. — Vamos ter que ajudá-la, quem mais quer participar dos treinos?

Alvarus Néquilus mirou Damastor e Ingrid, balançando a cabeça.

— Claro que posso ajudá-la também. Podemos nos encontrar mais tarde para alguns Enigmas, o que acham do Labirinto? — Damastor e Ingrid se entreolharam.

— No labirinto? Jamais teremos autorização — disse Damastor. — Como você pensa em ir até lá?

— Posso falar com meu pai e ver se ele autoriza. Ou melhor, ele poderia nos ajudar...

— Bom, nesse caso... — disse Damastor com displicência, começando finalmente a entender os planos de Alvarus Néquilus. — E será bom, caso alguma coisa de ruim aconteça com a gente.

— Coisa ruim?

— Não se preocupe, Gabrielle, os primeiros enigmas nunca mataram ninguém, na verdade, você sabe, não com heróis iniciantes. Além do mais, o que nós sabemos ainda não serve para vencer os enigmas mais poderosos. O máximo que você vai conseguir será lançar feixes de lúmens e olha lá. Nenhum de nós tem poder suficiente para fazer grandes ferimentos.

— Eu já atirei uma flecha e acertei o olho de um figyano quando fui à Matriz divina...

— Grande coisa, ele apenas ganhou um novo olho.

— Como assim? Ele não morreu?

— Morrer? Claro que não, um etheryano só morre quando para de sonhar. Tá ficando maluca?

— Com licença.

O grupo voltou os olhares para a porta do dormitório. Era Miguel Cantyus que retornava.

— Esse dormitório está parecendo a Matriz divina! — exclamou Damastor.

— Miguel Cantyus não ligou para o que Damastor disse e dirigiu-se à Gabrielle.

— Eu ouvi o que Alvarus Néquilus estava dizendo...

— Aposto que ouviu — resmungou Damastor —, e você sabe que não deveria estar andando pelos corredores depois da meia-noite. Não tem medo de perder sementes de sonhos para Fígys?

— Deixe-o falar, Damastor, ele não deve ter se arriscado à toa – interpelou Gabrielle.

— Fale logo, Miguel — disse Damastor.

— Eu sei onde tem um portal de lúmens que vai direto para o Labirinto de Enigmas.

Aquela frase teve um efeito imediato, o silêncio era gritante. Claro que havia uma enorme probabilidade de serem apanhados por Ladislau Netler e sua cobra Mortalys. Mas Gabrielle não tirava o Labirinto da cabeça e queria muito descobrir o que havia acontecido com ela e Damastor na aula da Professora Leysa Marys. Essa era uma grande oportunidade e não podia desperdiçá-la.

— Viu que horas são? — cochichou Damastor finalmente. — Onze e meia. É melhor irmos logo, antes que chegue a meia-noite.

Eles vestiram seus yontais, apanharam a corda de lúmens e atravessaram sorrateiros o dormitório, cruzando os corredores encostados à parede. Miguel Cantyus seguia na frente, seguido de perto por Gabrielle e Damastor. Apenas alguns lúmens brilhavam sobre a corda, transformando suas sombras em figuras estranhas. Tinham quase chegado ao Phanteon quando ouviram uma voz saindo de um portal de lúmens.

— Não quis acreditar quando Alvarus me contou o que pretende fazer, Gabrielle.

Um círculo de lúmens se acendeu. Era o príncipe Benjamin Véquillas, vestido com seu yontal prateado e de cara fechada.

— O que faz aqui? — questionou Damastor, furioso. — Volte para o castelo!

— Quase contei a Eghon — ele é o responsável pelo Labirinto de Enigmas, acabaria logo com essa aventura.

— Duvido que você contaria a ele sob o risco de ficar de fora. Se tivesse que contar, já o teria feito.

— Vamos — chamou Damastor. — Amanhã haverá fila no Pensorum Odiatum.

Miguel Cantyus colocou sua mão na parede do Phanteon e foi tateando até que alguma coisa brilhante começou a aparecer timidamente. Finalmente se transformou em algo viscoso e, por fim, um portal se abriu. Gabrielle foi a primeira a passar pelo portal.

Damastor não queria deixar a amiga sozinha e foi logo em seguida. E depois Benjamin, Ingrid e Alvarus os seguiram. Por último, Miguel Cantyus, que já sibilava arrependimentos como se fosse uma coruja velha.

— Vocês deveriam se importar com as sementes de sonhos que podemos perder para nossos condados por infringir as normas de Kaibalyon. Vamos embora.

— Para com isso, Alvarus, se quiser vá você, agora já é tarde — disse Gabrielle.

— Está bem, mas depois não digam que não os avisei, lembrem-se do que eu disse: quando estiverem amanhã no Pensorum Odiatum, eu não vou. Espero vocês aqui fora.

Mesmo que tivessem pensado em desistir, agora era tarde demais. O portal já havia se fechado. Gabrielle se virara para o Labirinto de Enigmas no intuito de entrar e se viu diante de uma imensidão de espelhos.

— E agora, o que vamos fazer? — perguntou Ingrid com a voz amedrontada.

— O enigma é de todos nós — disse Damastor. — Nós todos temos de ir, caso contrário podemos sofrer consequências graves. Mal haviam entrado naquela imensidão de reflexos, quando Alvarus os alcançou.

— Vou com vocês.

— Mas você não ia ficar aqui? — zombou Gabrielle.

— Vocês acham que vou ficar parado aqui, esperando Eghon ou um dos Guardiões? Se nos encontrarem aqui fora, estamos ferrados. Não quero ser punido sozinho.

— Olha só, que espertalhão — disse Damastor, bem alto.

— Quietos, vocês dois — interrompeu-os Gabrielle. — Estão ouvindo?

Era como se alguém estivesse caminhando na direção deles.

— Eghon? — sussurrou Damastor, apertando os olhos para enxergar dentro dos espelhos.

Não era Eghon. Era a professora Leysa Marys. Estava furiosa, ainda com roupas de dormir.

— Graças a Morphys encontrei vocês! Ainda bem que cheguei a tempo, quase não conseguia me recordar da localização exata do portal.

— Por que está falando baixo, professora?

— O que você pretende, Damastor? Acordar toda Étherys? E como estão seus ferimentos?

— Estou ótimo — disse Damastor, mostrando os braços —, o Mudra Edgar Xantras cuidou direitinho de mim.

— Mas parece que o susto não adiantou, não é mesmo Damastor? Temos que sair daqui depressa, sigam-me! Rápido... estão todos aqui?

— Esperem! — pediu Gabrielle, olhando ao redor, aflita. — Onde estão Miguel e Benjamin?

— Não há tempo. Vamos agora!

— Não vou deixá-los para trás sozinhos, podem ir. Darei um jeito de sair quando os encontrar.

— Você só pode estar maluca, Gabrielle, você ainda não sabe decifrar enigmas misteriosos e os espelhos são a prova do que temos aqui. Melhor você ir com eles e eu fico para resgatar Miguel e o Príncipe.

— Já disse que não vou deixar Miguel para trás. De jeito nenhum, eu fico!

— Se a Gabrielle ficar, eu também ficarei — disse Damastor.

— Isso é um complô? Vocês não fazem ideia no que se meteram. Se forem pegos podem ser enviados ao Deserto dos Sonhos Perdidos, é isso que querem?

— Só não quero deixar Miguel sozinho aqui. Nem que precise ir para esse tal Deserto!

Ingrid Ferdinandys tentou chamar atenção sobre alguma coisa que viu sair de um dos espelhos, mas era tarde demais. Tudo foi muito rápido, num instante ela também desapareceu, como num piscar de lúmens.

— O que está acontecendo aqui?

Alvarus não teve tempo de ouvir nenhuma resposta, também ele foi sugado para dentro de um dos espelhos. E depois, um a um, a professora Leysa Marys, Gabrielle e Damastor.

Do outro lado do espelho havia uma imensidão branca de névoa que deixava tudo obscuro e desconhecido. Cada passo teve que ser cautelosamente pensado. Até que finalmente a névoa foi se dissipando e deu lugar a um campo verdejante de Vânya, que não se podia alcançar com a vista.

A professora Leysa sentou-se numa pedra. Dueto, seu animal-guia, saltou do infinito em seu peito, era um lindo cavalo preto e branco.

— Tem alguma coisa errada aqui.

— O que pode haver de errado num campo tão lindo, Gabrielle?

— Ainda não sei, Damastor, mas tem algo estranho acontecendo aqui.

— Acho que esta é uma boa hora para chamar os animais-guias...

A professora Leysa mal acabara de pronunciar a frase e Damastor já estava com seu búfalo, berrando e raspando as patas no chão. Ingrid chamou seu antílope com olhos vermelhos, e uma linda coruja pousou nos ombros de Alvarus.

— Onde está seu animal-guia, Miguel? — perguntou a professora Leysa. — Traga-o aqui agora!

— Não sei onde minha coruja foi parar, ela saiu assim que pus os pés aqui e ainda não voltou.

Gabrielle chamou Yperion e Hella para fora, e dava para ver que os colegas ainda não se acostumavam com a ideia de que ela tinha dois animais-guias.

Nenhum deles conseguia entender qual era a emoção. Talvez fosse uma mistura de medo e confusão, pensou Gabrielle. Mas não adiantou. Yperion e Hella não voltaram para o infinito.

Neste momento os espelhos voltaram. Brotavam do chão aleatoriamente e refletiam um lamaçal revolto e que, de quebra, fez a lama escorrer para fora do espelho e começar a inundar o campo.

Os animais voadores passavam o mais rápido possível pelos espelhos e quebraram o máximo que puderam, até que, finalmente, o último deles foi quebrado. Encontravam-se exaustos, flutuando no lamaçal.

— É tudo ilusão. Devemos nos acalmar e iniciar uma visualização, ou não sairemos daqui — sugeriu a professora Leysa.

Não seria nada fácil. Quando tentaram acalmar suas mentes, o lamaçal começou a borbulhar e os sugava para o fundo. Os animais-guias tentavam sair e só afundavam mais e mais. A única forma de flutuar naquele mar de lama era ficar parado, totalmente procrastinado, inerte.

— Não se mexam! Respirem fundo e fiquem calmos. Só assim flutuarão — ordenou Gabrielle.

Assim que se acalmaram e foram parando de lutar, eles começaram a flutuar no lamaçal, e só então notaram a falta de Miguel.

— Não vejo Miguel! Alguém o viu?

— Ele estava aqui! — gritou Ingrid.

— Deixem comigo! — disse Leysa, pegando sua corda de lúmens e atirando-a onde Ingrid indicou que viu o amigo afundar pela última vez.

A corda girava no ar e mergulhou no lamaçal, voltando à tona com Miguel.

— É chocolate!

— Chocolate? — indagou Damastor enquanto provava um pouco.

— É verdade. É um mar de chocolate! — berrou, enquanto lambia a mão. — Provem.

Todos começaram a provar. Hella segurou a mão de Gabrielle, impedindo-a.

— Não façam isso! É lama. É a ilusão do enigma! — exclamava Gabrielle. — Não comam. É lama! É lama!

A tentativa de Gabrielle em alertar os colegas chegou tarde, eles já haviam provado o "chocolate" e adormeceram quase que instantaneamente. Em seguida, começaram a endurecer, transformados um a um em estátuas flutuantes de lama.

O infinito de Gabrielle ardia em seu peito e ela sentiu que algo muito maior estava ali. Virou-se para trás e viu muito claramente uma grande bolha de lama que começou a ganhar forma. Era demais depois de tudo o que já havia acontecido.

Ela não estava mais no Labirinto dos Enigmas, conforme acreditava. Estava dentro de um pesadelo. E agora sabia por que era proibido.

Estava encarando os olhos de um macaco monstruoso, um macaco que ocupava todo o pântano ao seu redor, entre os vidros e a floresta de espinhos. Ele tinha longos braços, e de seu rabo surgiram cabeças de cobras com olhos faiscantes, cuspindo chocolate quente. Não tirava os olhos dela e Gabrielle sabia que a única razão pela qual ainda não havia se transformado numa estátua era porque não havia provado o chocolate como todos os outros fizeram. Mas seu olhar deixava claro que ele não pretendia deixá-la viva por muito tempo.

— Não sou lama. Sou o espírito consciencioso e só há um meio de sair daqui.

— Qual é o meio? Diga-me!

— Desvendando o meu enigma. A chave da verdade — disse o monstro, abrindo a mão e deixando aparecer uma chave feita de lúmens e uma enorme pedra preciosa no formato do brasão de Terryor.

— Então diga.

— Se errar, não sairá daqui.

— E se acertar. Para onde vamos?

— Não sei. Só sei que saem daqui. Já não está bom o suficiente, garota?

— E quanto à chave? Posso levá-la comigo?

— A chave ou seus amigos. O que escolhe? Mas só se desvendar o enigma.

— Qual é o enigma?

— É este o meu universo! É este o meu domínio.
"Antes não provar nada do que as provar pela metade.
Antes ser chamado de louco a seu próprio critério, que sábio segundo a opinião dos demais loucos.
Eu por mim, vou até o fundo do lamaçal!
Numa gota de chocolate, pode um etheryano ficar de pé?"

Gabrielle acalmou sua mente, e não adiantava buscar ajuda com os colegas. Estava sozinha. Teria que acertar ou ficariam ali para sempre. Foi buscar ajuda em Morphys, a boa mente, e pediu ajuda para desvendar o enigma.

— O que devo saber?

— *A resposta está na pergunta.*

Uma interrogação apenas. Um símbolo tão pequeno, mas que abria portais inimagináveis de conhecimento e luz, e ela entendeu o mistério por trás daquele enigma. Quando saltou para fora de sua bolha de visualização, Gabrielle gritou:

— Sim! Um etheryano pode se manter de pé sobre uma gota apenas de mentira, desde que não prove dela! O que é verdade para uns, não necessariamente é a verdade!

Um vórtice de lúmens se formou instantaneamente e sugou todos de uma única vez, jogando-os de volta ao labirinto em sua forma original, mas não menos assustador. A queda e o barulho foram suficientes para acordar Kaibalyon inteira.

— Depressa! — gritou a professora Leysa Marys, e os cinco desembestaram a correr pelo labirinto, sem olhar para trás e ver quem ou o que os pudesse estar seguindo. Fizeram tantas curvas procurando o portal de lúmens que os levaria de volta ao dormitório e, um atrás do outro, com Gabrielle na liderança, atravessaram o portal e saíram do labirinto direto para a sala de aula de Encantamentos, com o professor Aurélyus Néquilus, Hellyen Conciatem e Eghon Praxys à espera deles.

— Acho que decifraram o enigma — disse calmamente o professor Aurélyus, apoiando as duas mãos sobre a mesa e com algumas gotas de suor escorrendo pela testa.

Alvarus estava dobrado em dois, tremia e falava desconexamente.

— Eu... avisei... a vocês — Miguel Cantyus falou sem fôlego, agarrando-se a Alvarus. — Eu... disse...

— Vejam o lado bom — cochichou Gabrielle, tentando brincar com a situação. — Não será preciso ir até o Pensorum Odiatum, ele já veio até nós.

— Miguel Cantyus enganou a gente — disse Alvarus Néquilus à Gabrielle. — Não pensou nisso? Como a professora Leysa sabia que estaríamos lá? Ele deve ter contado a ela.

— Melhor ficar calado, Alvarus, por favor, não tente encontrar culpados — falou Aurélyus, bruscamente.

Alvarus Néquilus soltou um gemido.

— Então decidiram sair por aí depois da meia-noite? A professora Leysa não os ensinou sobre os perigos do Labirinto de Enigmas?

— Deveríamos contar ao rei, Aurélyus, é o certo a fazer — disse Hellyen Conciatem —, seria para o próprio bem deles.

— Foi um grande erro — disse Gabrielle, dando um passo à frente dos colegas. — Eu assumo total responsabilidade pelo que ocorreu.

Naquele momento, Alvarus, Miguel, Damastor e Ingrid também deram um passo à frente, ficando ao lado de Gabrielle, demonstrando que assumiam suas parcelas de culpa também. Hellyen Conciatem saiu de trás da mesa e circulou ao redor dos alunos.

— Acho que não resta dúvida sobre onde foram parar, não é mesmo? — disse isso enquanto retirava um pedaço de chocolate da roupa de Miguel e levava à boca.

— O lamaçal da depressão? E quem decifrou o enigma? – perguntou Aurélyus Néquilus.

— Eu, Professor Aurélyus... — adiantou-se em dizer, Gabrielle.

Levou algum tempo até que o professor voltasse a falar. Parecia buscar as palavras certas sem encontrá-las.

— Vocês não usam a consciência, usam? — perguntou com rispidez. — Vocês não perceberam no que se meteram? O lamaçal da depressão é o pior lugar do Labirinto de Enigmas.

— O pior? — arriscou Gabrielle. — Deve ser por isso que a Chave da Verdade foi parar lá, Professor?

Aurélyus, que já havia se sentado, levantou-se e olhou feio para ela.

— Espero que estejam satisfeitos com o que fizeram. Poderiam ter sido mortos, ou pior, paralisados para sempre feito estátuas de chocolate no lamaçal da depressão. Agora, para a cama, precisam descansar. Amanhã cedo todos ao Pensorum Odiatum.

CAPÍTULO DEZ

O dia do herói aprendiz

Alvarus Néquilus ainda esfregava os olhos quando viu que Gabrielle, Damastor, Miguel e Ingrid já estavam esperando no Pensorum Odiatum no dia seguinte, parecendo cansados, mas felizes. E era verdade, Gabrielle começava a achar que a ida ao Labirinto dos Enigmas e o encontro com o monstro de chocolate foi uma excelente aventura, e estava pronta para responder às perguntas da Ministra da Consciência, Hellyen Conciatem.

— Você realmente viu a Chave da Verdade no Lamaçal da Depressão? — perguntou Damastor.

— Sim, eu vi — respondeu Gabrielle —, ela é linda!

— Como pode ter certeza de que era a verdadeira chave?

— Desvendei o enigma, não foi? Que outra chave poderia ser, senão da verdade?

Gabrielle disse aquilo, mas não parecia estar muito convencida. Tudo o que sabia sobre a chave Verittas é que era feita de lúmens e tinha o brasão de Terryor entalhado numa pedra verde. Ao menos era o que se lembrava das aulas que tivera com a Professora Irenys Lentlas.

Miguel, Ingrid e Alvarus não demonstraram muito interesse sobre a chave e o lamaçal da depressão. Pareciam estar mais interessados no que iria acontecer no Pensorum Odiatum, já que para ambos era a primeira vez.

Miguel Cantyus agora se recusava a falar, aliás, parecia que até mesmo respirar para ele estava muito difícil, a julgar pela tremedeira em suas pernas. Agora só o que realmente queria era descobrir um jeito de desvendar o enigma do Pensorum Odiatum, e para sua grande surpresa, a oportunidade chegou alguns minutos depois. Ele foi o primeiro a ser chamado.

Quando Jade Lanzabel chegou, acompanhada de sua coruja nos ombros, a atenção de todos foi atraída para um pergaminho que ela trazia nas mãos. Gabrielle ficou curiosa para saber o enigma de cada um dos colegas e se surpreendeu quando Miguel foi o primeiro a recebê-lo.

Miguel mal havia passado pelo portal de lúmens quando a secretária Jade entregou outro pergaminho nas mãos de Gabrielle. Ela o abriu imediatamente, e mal percebeu que já estava dentro do Pensorum Odiatum.

— Me responda:

Estais no caminho certo?
O que viestes aqui buscar?
Se o certo nem sempre é o próprio caminhar?
Mas se errar a resposta muito mais terá de esperar.
E se esperando fores ficar, já não poderá caminhar.
Estais no caminho certo?
De que outra forma podeis alcançar?
O que viestes buscar?

— Esse enigma é fácil! — Gabrielle sorria ao falar. — O caminho é sempre certo se sabemos aonde queremos ir, mas para que caminhar se tenho asas e posso voar?

Gabrielle perdeu os sentidos e, quando acordou, já era terça-feira à noite. Às quatro e meia da madrugada, estava no Campo de Batalha de Enigmas para a sua primeira sessão de treinamento com o Guardião Sécryfus.

Ela perdeu a conta do número de flechas que teve que atirar. Sécryfus não parecia estar convencido de que ela não estivesse usando algum encantamento ou visualização.

— Contra o exército de Medlor, não adianta usar nenhum encantamento. Eles só entendem o poder da força e das armas.

— Foi para isso que vim... — Mas não pôde completar a frase, estava no Phanteon, bem na hora do ritual dos alimentos.

Imediatamente Gabrielle procurou pelos amigos e apenas Alvarus Néquilus não estava presente. Ela estava mais preocupada em entender por que todos estavam olhando para ela.

Buscou em Damastor alguma explicação, então percebeu que ele mal conseguia esconder a alegria e o entusiasmo.

— Tá Brincando! Um par de asas de Lúmens! — Damastor gemia de curiosidade. — Posso tocar?

Os dois saíram depressa do Phanteon, Damastor querendo que Gabrielle desse uma demonstração de voo com as asas de lúmens antes das aulas começarem, e ela tentando lembrar-se do momento em que adquirira as asas. Mas no meio do jardim encontraram o príncipe Benjamin Véquillas, na companhia de Eduardo Trudius e Miranda Netchop. Benjamin Véquillas não pensou duas vezes e arrancou uma das asas de Gabrielle. Ela caiu no chão, sentindo muita dor.

— São mesmo asas de lúmens — falou, atirando-a de volta à Gabrielle com uma expressão de inveja e despeito no rosto. — Desta vez você foi longe demais Acquamor, heróis aprendizes do primeiro nível de consciência não podem ter asas de lúmens.

Damastor não resistiu e meteu-se na conversa, tentou pegar a asa quebrada, mas ela desapareceu no ar. No mesmo instante, outra asa apareceu nas costas de Gabrielle.

— Não é um encantamento de asas de lúmens, é uma asa de lúmens de verdade — Damastor riu para Benjamin. — Gabrielle desvendou o enigma no Pensorum Odiatum e, depois disso, ganhou as asas. Quer ir contra as leis de Étherys? Por que não fala com o rei, seu pai?

— E o que você entende sobre as leis de Étherys, Damastor? Você não poderia entender nem a metade delas, não é mesmo? Ouvi dizer que sua família desperdiçou grande parte das sementes de sonhos e você terá que economizar os seus para conseguir se formar em Kaibalyon.

Antes que Damastor respondesse, o Professor Justus Zitler apareceu ao lado deles, atravessando um dos portais de lúmens.

— Espero que não estejam brigando, meninos, para o vosso bem, espero que seja um duelo de pensamentos — falou com voz rouca e marcante.

— Acquamor ganhou asas de lúmens, Professor — disse Damastor Grandys depressa.

— Estou sabendo, houve muito alvoroço hoje na reunião da Ordem da Consciência. — Sorriu em seguida para Gabrielle. — Aurélyus Néquilus teve que argumentar muito para aprová-las, mas todos sabemos que são circunstâncias especiais e urgentes. Medlor está dando fortes sinais de que não tardará a atacar. Já as testou?

— Não, professor — informou Gabrielle, tentando não rir da expressão de horror no rosto do príncipe Benjamin. — Na verdade eu ia fazer isso agora, mas não quero me exibir, ao menos não na frente do príncipe — acrescentou.

Gabrielle e Damastor sumiram através do portal de lúmens, sufocando o riso diante da raiva de Benjamin, mas ainda ouviram o momento em que sua abelha zunia para fora do seu infinito e provocava um forte vendaval no jardim.

— Ele é muito arrogante — disse Gabrielle, caindo na gargalhada quando atravessaram o portal, chegando ao corredor que levava ao dormitório 14. — Mas se ele não tivesse me provocado no duelo com arco e flechas, eu não estaria na Brigada.

— Você quer dizer que tem que agradecer ao príncipe por isso? — Ouviram uma voz zangada logo atrás deles.

Alvarus Néquilus os alcançou com passos largos, seus olhos brilhavam ao ver as asas de lúmens de Gabrielle.

— Onde foi que você se meteu, Alvarus, pensei que tinha sido enviado para o Deserto dos Sonhos Perdidos — comentou Gabrielle.

— Não conseguiu desvendar o enigma? Perdeu muitas sementes de sonhos para Étherys? — perguntou Damastor.

— Perdi 20 sementes de sonhos. Se continuar assim, logo, logo perderemos a primeira colocação. Quantas sementes de sonhos ganhou para Aquor com as asas de lúmens?

Gabrielle não havia se dado conta disso e teve que consultar a tabela de pontuação. Havia ganho 100 sementes de sonhos para Aquor e, pela primeira vez em muito tempo, seu condado aparecia na contagem. Seus pensamentos não a deixaram se concentrar nas aulas naquele dia. Tentava entender por que ganhara as asas e por que os encantamentos não funcionavam contra os soldados do exército de Medlor, como havia lhe dito o Guardião Sécryfus.

Quando finalmente as aulas acabaram, Gabrielle correu com Damastor para o jardim e finalmente pôde alçar seu primeiro voo com suas novíssimas asas de lúmens.

— Uau! — Suspirava Damastor quando as asas de lúmens apareceram nas costas de Gabrielle.

Gabrielle também estava encantada. Suas asas tinham uma aparência fantástica. Era translúcida e furta-cor, como se fossem feitas de gotículas de água e luz. Ela não cansou de sobrevoar o jardim e se arriscou a sobrevoar o labirinto de enigmas, mais ao fundo. Então ela teve uma visualização criativa.

O labirinto se transformara no Campo de Batalhas de Enigmas, e centenas de arquibancadas feitas de cordas de lúmens em volta de todo o campo, flutuando no ar de modo que os espectadores pudessem visualizar tudo de onde quisessem. Ao centro, uma grande mandala servia de base para a batalha.

Ansiosa demais para esperar o que vinha a seguir, dentro da visualização, Gabrielle voltou para a realidade e deu um impulso, parando ao lado de Damastor, que a aguardava no meio do jardim.

— Que sensação — ela falou —, você precisa experimentar o mais breve possível, Damastor. Você mais do que ninguém merece asas de lúmens.

Nem Gabrielle e muito menos Damastor estavam preparados para o que aconteceria a seguir. Tudo foi tão rápido que só depois de um tempo eles se deram conta de que um pequeno toque das mãos de Gabrielle no ombro de Damastor havia sido suficiente para plantar asas de lúmens em suas costas.

E as asas de lúmens de Damastor o levava pelo ar de Kaibalyon em vórtices de luz; soava uma gargalhada histérica do garoto, que não acreditava no que estava acontecendo.

— Ei, Damastor Grandys, desça! — O Guardião Sécryfus havia chegado. Damastor e Gabrielle pousaram ao seu lado.

— Ótimo — comentou o Guardião Sécryfus, os olhos faiscando. — Agora estou entendendo o que o Professor Aurélyus Néquilus disse sobre você. É sem dúvida a enviada de Morphys. Num só dia ganhou asas de lúmens e plantou-as em Damastor. Hoje à noite terei trabalho em atualizar a tabela de pontuação dos níveis de consciência.

— Eu não entendi nada — disse Gabrielle —, fui eu a responsável por Damastor ter recebido suas próprias asas?

— Sim — disse o Guardião Sécryfus. — Esse enigma é muito fácil de entender, mesmo que não seja tão fácil de praticar. Tem que haver uma mudança muito grande de consciência para compartilhar seus próprios sonhos com os outros.

— Quer dizer que também vou ganhar 100 sementes de sonhos para Terryor?

— E Gabrielle ganhará mais 100 sementes de sonhos para Aquor — completou Sécryfus, sorrindo.

— E quanto aos enigmas que Gabrielle desvendou? No Lamaçal da Depressão e no Pensorum Odiatum?

— Bem, no Lamaçal da Depressão as sementes de sonhos foram usadas para pagar o que ela havia perdido, infringindo a lei de Kaibalyon. E do Pensorum Odiatum, já foram creditados para Aquor.

— Eu tive uma visualização do Campo de Batalhas enquanto sobrevoava o labirinto — disse Gabrielle à certa altura. — Por que as arquibancadas podem se mover?

— Porque os espectadores podem interferir com seus pensamentos, sentimentos e emoções. Na maioria das vezes, são eles que determinam a vitória ou a derrota da batalha. Por isso que os competidores têm que ser fortes e evoluídos nos níveis de consciência. Consegue entender?

— Alto nível de consciência... e quanto aos animais-guias?

— O que tem os animais-guias? — perguntou o Guardião Sécryfus, curioso.

— Achei que a batalha de enigmas tinha a ver com controlá-los — disse Gabrielle na mesma hora.

— Exatamente! Os espectadores vão provocar os jogadores de todas as formas possíveis, até que percam o controle de seus animais-guias. Já imaginou o que pode acontecer quando não conseguir controlá-los? Na hora da raiva e do medo é muito mais difícil controlar as emoções.

Gabrielle não precisou pensar muito para imaginar. Bastou lembrar dos gritos histéricos do príncipe Benjamin quando se revoltou com suas asas de lúmens.

— Fique longe dele — Sécryfus preveniu Gabrielle.

— Como sabe o que estou pensando?

— Não pensei... eu vi...

A sensação foi de uma chama ardendo e subindo pelo rosto. Na mesma hora, Hella saiu voando do infinito na mão de Gabrielle e rodopiava pelo ar, gritando e tentando atacar o Guardião Sécryfus. Sécryfus laçou-a com sua corda de lúmens e tentava controlá-la no ar, enquanto ela ziguezagueava e tentava bicar seu rosto.

Gabrielle se recuperou e passou veloz sobre a cabeça do guardião. Em seguida, atirou-se contra Hella e girou até que conseguiu imobilizá-la, ainda no ar.

— Está vendo? — falou Sécryfus, ainda ofegante. — Os espectadores sabem como provocar os jogadores, e se não tomar cuidado, perderá rapidamente suas asas de lúmens.

— É por isso que tem cinco pensadores e um guardião em cada brigada? — perguntou Damastor, ainda tentando se recuperar do que acabara de ver.

— Sim, a função deles é ponderar e proteger a brigada dos insultos e das provocações, e não perder a concentração para tentar desvendar os enigmas. Então, acham que serão capazes?

— Sécryfus... alguém já morreu durante a batalha de enigmas? — perguntou Gabrielle, não disfarçando a ansiedade pela resposta.

— Morrer? Não se morre em Kaibalyon. Não enquanto Medlor estiver longe. Não se preocupe com isso agora. Tudo a seu tempo... tudo a seu tempo.

— A não ser que ele venha até aqui... — disse Gabrielle, enquanto Hella voltava para o infinito em sua mão.

— O que esperamos que nunca aconteça — disse Sécryfus —, de qualquer maneira, uma batalha de enigmas só termina quando não tiver nenhum animal-guia fora do infinito por no mínimo oito horas.

— Quanto tempo dura uma batalha?

— O tempo que levar. Pode levar anos. Acho que o recorde é três anos, mas foi no passado, quando Medlor ainda estava solto pelo reino — explicou o Guardião Sécryfus. — E aí, mais alguma pergunta?

Gabrielle olhou para Damastor, que não se mexia, ainda paralisado com a última informação. Então ela sacudiu a cabeça. Compreendeu muito bem o que poderia acontecer durante a batalha, ela não tinha só um animal-guia para controlar, tinha dois. Compreender... ela compreendeu. Controlá-los é que seria seu grande desafio.

— Vamos praticar com insultos simples — disse o Guardião Sécryfus, começando por falar dos cabelos azul-claros de Gabrielle e o tamanho exagerado de Damastor. — Já percebi que vocês dois terão muito que praticar.

Sécryfus tirou de sua imaginação um arsenal de xingamentos e insultos muito comuns, usados pelos jogadores durante a batalha de enigmas. Depois de algumas horas, Damastor e Gabrielle já controlavam seus animais-guias e Sécryfus se deu por vencido. O guardião não escondia sua satisfação e dispensou os dois meia hora antes do jantar.

Gabrielle se deu conta de que já estava em Kaibalyon há três meses. Sentia muitas saudades de Rafael, seu irmão e de Eloá. E se surpreendeu quando percebeu que também sentia a falta de Verena e Acácio.

A Escola do Herói aprendiz já estava tomando jeito de casa. Mas nunca seria como na rua das Acontecências. Quanto às aulas, ela também estava se interessando cada dia mais por elas, agora que ganhara asas de lúmens e aprendera a dominar seus animais-guias, ao menos dentro de sala de aula, quando era provocada.

Chegou finalmente o dia do herói aprendiz. Tudo naquele dia era especial. A vestimenta dourada, os alimentos e o que para Gabrielle era ainda melhor, a tão esperada aula de animais-guias, com o Professor Rubium Sabidorum. Só que não era uma aula meramente teórica sobre os poderes e significados de cada animal, e sim uma aula prática. Fora de Kaibalyon. Eles ganhariam pela primeira vez um portal do tempo, e iriam para algum condado de Étherys, em seu passado glorioso.

O Professor Rubium Sabidorum dividiu a turma em grupos para praticar. No grupo de Gabrielle ficaram Damastor Grandys, Ingrid Ferdinandys, Mozar Cravius e Benjamin Véquillas (uma decepção para Gabrielle, porque ainda estava zangada com ele). Damastor e Ingrid tentaram alertá-la para que não se deixasse levar pelas provocações do príncipe, e ela prometeu que se esforçaria ao máximo. Pela cara dos amigos, era difícil precisar quem fingia acreditar mais nela, se era Damastor ou Ingrid. Para dizer a verdade, ela mesma não acreditava ser capaz de resistir às provocações daquele exibido. Ela não o tinha visto desde o dia em que ganhara suas asas de lúmens.

— Não se esqueçam das três batidas no peito, conforme praticamos — falou o professor Rubium Sabidorum, como sempre, flutuando com suas asas de lúmens da cor de seus cabelos. — Quanto a você, Gabrielle, já sabe o movimento que tem que fazer para trazer Hella, não é mesmo? Lembrem-se, não ajudem os colegas. Tentem defender-se sozinhos.

Gabrielle concordou com a cabeça. Esfregando a mão direita sobre a esquerda, onde tinha a marca do infinito. Ela não viu o que tinha acontecido, foi como se um raio a atingisse e, quando se deu conta, estava no chão com um galo em cima do peito. Era muito difícil se defender dos ataques e da tentativa do galo de bicá-la. Ela não conseguia bater no peito para trazer Yperion para fora. Damastor ficou tão furioso com a cena que saltou sobre ela, antes mesmo de trazer seu búfalo para ajudá-lo. Com apenas uma das mãos, ele acertou o galo e o atirou longe. Gabrielle teve que acalmar o amigo, segurando-o pelos cabelos.

Ingrid não estava menos encrencada, enfrentava um enxame de abelhas que saíam aos montes do peito de Benjamin Véquillas, enquanto ele parecia se divertir com a angústia da garota.

— Temos que ajudá-la! — berrou Gabrielle para Damastor.

— Não podemos, são as regras — retrucou Damastor.

— Olha só quem fala! O que foi que você acabou de fazer? Quem atirou o galo do professor Rubium Sabidorum para longe?

— Caramba, Gabrielle. — Damastor se dava conta do que havia feito. — Aposto que perdi todas as minhas sementes de sonhos.

No entanto, para espanto dos dois, Ingrid Ferdinandys enrolou as vestes sobre as mãos e o rosto e acalmou-se, bateu a mão no peito três vezes e trouxe um lindo antílope de volta ao infinito, e uma a uma as abelhas de Benjamin começaram a girar em torno dele, formando um vórtice de luz e, em seguida, se dissipando numa fumaça fina e, por fim, desaparecendo no ar.

— Olhem aqui! — exclamou o Professor Rubium Sabidorum, batendo no peito e chamando seu galo para seu infinito. — Ingrid Ferdinandys conseguiu. Cinquenta sementes de sonhos para Fígys!

Quando a aula terminou, Gabrielle estava muito chateada.

— Não é de se admirar que ninguém gosta dele — disse para Ingrid quando passavam pelo portal de volta à Kaibalyon. — Francamente, ele é um sonho perdido.

À noite, quando desceram ao Phanteon para a festa do herói aprendiz, Gabrielle e Damastor ouviram Alvarus Néquilus contando a Miguel Cantyus que o príncipe Benjamin não viria à festa, pois o Rei Emanuel o havia enviado ao Pensorum Odiatum, e Gabrielle sorriu. Assim ele a deixaria em paz.

Damastor ficou ainda mais contente com a notícia, e quando chegaram ao Phanteon, a decoração feita de lúmens nas cores dos condados mostrava-se esplendorosa. Mais de mil arcos de cordas de lúmens desciam do teto e se prendiam nas paredes de cristais, evidenciando os brasões dos cinco condados e o brasão do Reino de Étherys, que giravam no ar ao redor do grande salão.

As mesas vinham até os alunos trazendo todo tipo de alimento, de forma que ficava até difícil se decidir qual provar primeiro. Não que Damastor tivesse esse problema, ele não deixava passar nada.

Gabrielle provou um pedaço de torta de limão e teve a sensação de que sua garganta estava pegando fogo. O calor desceu para o estômago e voltou ao peito. Ela não conseguiu controlar a força que tentava expulsar Yperion do seu infinito, e antes que pudesse impedi-lo, ele saltou no meio do Phanteon, derrubando as mesas e espalhando comida por todo lado.

Nesse momento, Eghon Praxys chegou ofegante, atravessando um portal de lúmens e balbuciando palavras desconexas, movimentando os braços e com o terror estampado no rosto. Ele correu direto para o Professor Aurélyus Néquilus, segurou-o pelo braço e gritou:

— Ladrões de Sonhos... estão entrando pelo Labirinto de Enigmas. General Incógnitus está com eles.

Houve muito alvoroço. Foi preciso que o Professor Aurélyus Néquilus lançasse um *olhar procrastinante* para que todos fizessem silêncio.

— Guardiões — disse ele com voz séria e grave —, levem os alunos de volta aos dormitórios, imediatamente! Brigada, siga-me!

— Alunos do pavilhão azul, sigam-me! — gritou Sécryfus. — Não tenham medo dos Ladrões de Sonhos, basta seguir pelo portal. Venham depressa!

— Com licença, guardião! Como é que um Ladrão de Sonhos pode entrar? — perguntou Gabrielle ao se aproximar do portal.

— Você terá oportunidade de descobrir. O que está fazendo aqui? A brigada foi convocada, vá depressa!

— Ir para onde? Eu ainda não enfrentei nenhum Ladrão de Sonhos...

— Vá ver o Professor Aurélyus, ele está reunindo a brigada no jardim. Em breve todos os guardiões também estarão lá. Ande depressa! Damastor?

— Sim!?

— Vá com ela!

Eles passaram por diferentes grupos de alunos que corriam em diferentes direções. Enquanto lutavam para seguir com seus Guardiões, Gabrielle de repente parou e segurou o braço de Damastor.

— Acabei de me lembrar que Benjamin Véquillas não estava no Phanteon.

— Isso é hora de lembrar do príncipe? Tá maluca, garota?

— Não acha estranho? Ele desaparecer justamente no dia em que os Ladrões de Sonhos aparecem?

— Não delira — disse Damastor, mordendo o lábio. — Ele está no Pensorum Odiatum, não ouviu o Alvarus dizer?

Tinham acabado de chegar ao jardim quando ouviram alguma coisa rastejando e sibilando atrás deles — era a cobra Mortalys, e logo apareceu Ladislau Netler, que chegava apressado.

Espiando para os lados, viram que os membros da brigada surgiam de vários lugares e de alguns portais, no entanto, não viram Eghon Praxys, o que era estranho, já que ele era o responsável pela segurança do labirinto.

— O que ela está fazendo aqui? — cochichou Kellen Stefanellus. — Por que não está lá no labirinto com os outros Ladrões de Sonhos?

— Calada, Kellen! — advertiu o Professor Aurélyus. — Não é hora para isto. Formem suas duplas e vamos entrar no labirinto. Acquamor? Venha comigo!

Foi um grande alívio, pensou Gabrielle. E notou que Damastor seguia com Tratyrus e, da forma mais silenciosa possível, se esgueiravam pelo labirinto, seguindo as pegadas dos animais-guias que abriam caminho.

— Está sentindo o cheiro, professor? — Gabrielle sussurrou quando um cheiro horrível invadiu suas narinas.

— Silêncio... está ouvindo alguma coisa?

— Ouvir não... mas estou sentindo muito frio... frio, e minhas pernas estão congeladas... eu...

— Tem um Ladrão de Sonhos se aproximando, não se deixe levar pela *esfera de medo* dele. Crie um *espelho de Aquaal*, Gabrielle, defenda-se!

Era tarde demais. No final do Labirinto, à direita, alguma abominação enorme estava vindo na direção de Gabrielle. Ela firmou o olhar e se encolheu na parede de espinhos tentando ver o que era, sem sucesso. Hella surgiu de algum lugar e se lançou na direção do desconhecido. O Professor Aurélyus lançou uma *rajada etherica* e iluminou o Ladrão de Sonhos. Era uma abominação medonha. Já tinha uns três metros de altura, a pele pingando lama e, no lugar das mãos, garras enormes que lançavam jatos de fogo e lava incandescente para todos os lados. Sua cabeça era uma enorme bola de fogo, não tinha olhos, boca ou qualquer coisa que lembrasse que um dia fora um etheryano de verdade. Mas apesar disso, ele sabia o que procurava e correu na direção de Gabrielle Acquamor.

Com um grande salto, Gabrielle conseguiu levantar voo e atirar sua corda de lúmens no Ladrão de Sonhos, prendendo-o enquanto ele se debatia e crescia cada vez mais.

O professor Aurélyus lançou um martelo de Morphys sobre a abominação, e uma chuva de lama respingou sobre todo o labirinto.

Gabrielle se levantou. Tremia sem fôlego. Nunca tinha visto um martelo de Morphys antes, era uma manifestação de terceiro nível e não tinha aprendido ainda como fazer, mas vibrou com o que acabara de assistir.

— Ele morreu?

— Não — respondeu o professor Aurélyus. — Ele voltou para o deserto dos sonhos perdidos.

Damastor também havia se saído bem na companhia de Sécryfus. Kellen Stefanellus foi a única que voltou com um ferimento no braço. Foi levada ao Cubiculum Hospitalem e recebeu os cuidados de Edgar Xantras, o Mudra. Não demorou para voltar e se juntar aos outros no Phanteon.

O salão já estava vazio, os outros alunos permaneceram nos dormitórios e receberam seus alimentos lá mesmo. O que era contra as regras de Kaibalyon, mas sem dúvida, aquele era um dia excepcional.

A Brigada da Coragem estava finalmente fazendo a refeição, que fora arrumada numa mesa no canto do Phanteon quando o Professor Aurélyus Néquilus começou a distribuir as sementes de sonhos aos alunos.

Ingrid Ferdinandys tinha conseguido produzir uma *esfera flamejante*, o que era muito bom, pois era uma manifestação de segundo nível e eles haviam tido apenas algumas aulas, até então. Por isso recebeu 3 sementes de sonhos.

Damastor e Kellen receberam 3 sementes de sonhos cada, por seus *escudos de lúmens*, e ficaram muito contentes. Também pertencia ao segundo nível de manifestações.

Gabrielle não recebeu sementes, já que não foi sua a iniciativa de criar o espelho de Aquaal. Houve um silêncio constrangedor quando o Professor Aurélyus comunicou o fato na frente de todos. Depois eles se olharam, sorriram para ela e aproveitaram o jantar.

Gabrielle não se queixou de não ter recebido nenhuma semente de sonho, ela havia ganho coisas mais importantes. Daquele dia em diante, Kellen Stefanellus se tornou sua amiga também e, aos poucos, começava a receber mais sorrisos do que olhar de desprezo.

CAPÍTULO ONZE

A brigada da coragem

Quando o mês de julho chegou, começava a temporada de Batalha de Enigmas. Gabrielle jogaria pela primeira vez depois de meses de treinamento com Sécryfus. O condado de Aquor enfrentaria o Condado de Terryor. Se por algum milagre Aquor ganhasse — como dizia Damastor —, entraria no ranking pela primeira vez em anos de batalhas em Kaibalyon.

Poucos a tinham visto treinar, porque o Guardião Sécryfus decidira que, sendo ela tão odiada, deveria mantê-la sob sua proteção. Mas como nada em Étherys ficava em segredo, todos sabiam que Gabrielle batalharia por Aquor e enfrentaria os desafios com arco e flecha. De qualquer maneira, era muito bom que agora, ao menos seus companheiros de brigada lhe respeitassem e não a provocassem o tempo todo. Não sabia como poderia ter dado conta de controlar Yperion e Hella, caso fosse confrontada pelos combatentes mais experientes de Kaibalyon. Em grande parte, ela reconhecia que só aprendeu o autocontrole básico de seus animais-guias graças à ajuda de Damastor e Ingrid. Damastor porque a provocava e a ajudava nos treinos, e Ingrid por lhe fazer devorar o livro de Batalha de Enigmas, de Aurélyus Néquilus, que ela terminou por achar que foi o melhor livro de sua vida.

Sua maior preocupação era com os acidentes que poderiam ocorrer. Embora raramente alguém morresse durante as batalhas, com a volta de Medlor e o recente ataque dos Ladrões de Sonhos em Kaibalyon, os tempos estavam difíceis e não se podia prever o que poderia acontecer com eles. Tudo o que ela podia e fazia incansavelmente, eram os seus rituais de visualização.

Por via das dúvidas, era melhor garantir...

Na véspera da primeira Batalha de Enigmas, a Brigada estava reunida no jardim e Gabrielle deu início ao seu ritual de visualização, assim como os demais alunos. Depois de um tempo, Gabrielle fez surgir ao seu redor uma bolha azulada furta-cor tão viva que desconcentrou os outros participantes. A bolha envolveu Gabrielle e flutuou com ela sentada em seu interior.

Quando Irenys Lentlas atravessou o jardim, a bolha desceu e pousou no mesmo lugar. Ela não estava sozinha. Benjamin Véquillas estava de volta à Kaibalyon.

— Essa não! — Gabrielle falou. – Acabou-se o que era doce.

O príncipe Benjamin não cedeu à provocação dela e alguma coisa em seu rosto atraiu a atenção de Gabrielle de uma forma diferente. Ele estava mancando e veio até onde eles estavam, sentando-se ao lado de Damastor e Kellen.

— O que aconteceu com você, Benjamin? — perguntou Ingrid, fazendo um esforço para parecer interessada.

Benjamin levantou sua vestimenta e mostrou a cicatriz, parecia ter sofrido uma grave queimadura.

— O Labirinto de Enigmas não pode ser menosprezado — falou a Professora Irenys Lentlas. — Que isso sirva de lição a todos — completou. — Vamos, Benjamin, Edgar Xantras nos espera.

— Mas ele não estava no Pensorum Odiatum? — murmurou Gabrielle, curiosa, enquanto a Professora Irenys Lentlas e o príncipe se afastavam. — O que será que aconteceu com a perna dele?

— Nem imagino, mas espero que ainda esteja doendo —, falou Damastor com raiva.

Gabrielle sentia-se inquieta. Procurava alguma coisa para segurar nas mãos e se distrair dos olhares do príncipe, mas não encontrou nada. Por que se sentia assim? Levantou-se e disse que precisava falar com a Pensadora Irenys Lentlas, correndo atrás dela.

Alguns poucos metros depois e Yperion e Hella saltaram de seu infinito. Gabrielle teve a impressão de que todos estavam rindo dela, mas não ousou olhar para trás.

Quando conseguiu acalmar e silenciar seus pensamentos, Yperion e Hella voltaram aos seus infinitos, e Gabrielle foi até o dormitório. Estava escuro e silencioso. Era tudo de que precisava para controlar o nervosismo da véspera da Batalha de Enigmas. Então deu início ao ritual de visualização que havia sido interrompido no jardim.

Quando a bolha se formou e Gabrielle foi sugada para dentro, deparou-se com algo assustador.

Sua visão lhe mostrava que alguém preparava um chá e colocava pó de semente de papoulas dentro dele. O chá seguia pelo corredor do Castelo de Étherys e era servido aos Guardiões. Tratyrus tomava a xícara de chá com o pó de papoulas e saía pelos corredores, cambaleante. Alguém lhe tirava a chave do pescoço e sumia dentro de um portal de lúmens.

Gabrielle tentou identificar quem tinha feito o chá e servido aos guardiões, mas não conseguiu.

— Gabrielle Acquamor!

O rosto de Damastor estava branco e cheio de pavor, ao mesmo tempo em que tentava tirar a amiga do transe. Gabrielle já estava ficando roxa.

— Eu vi! Eu vi...

— Viu? — perguntou Damastor quando Gabrielle finalmente recuperou as feições. — Que aconteceu?

Numa única respiração, Gabrielle lhe contou o que vira.

— Sabe o que isso significa? — terminou sem fôlego. — Alguém dopou o Guardião Tratyrus para roubar a chave Verittas. Aposto minhas asas de lúmens que ele vai tentar roubar as outras chaves também. Temos que contar ao Professor Aurélyus.

Damastor arregalou ainda mais os olhos.

— Hoje não. Hoje você tem que descansar para as Batalhas de amanhã. Ou vai querer perder logo no primeiro enigma?

Gabrielle se deitou com a cabeça atordoada com aquela visão do passado. Tentou esvaziar e silenciar os pensamentos — precisava estar bem no dia seguinte para sua primeira Batalha de Enigmas —, mas aquele homem fugindo com a Chave Verittas através do portal de lúmens seria muito difícil de esquecer.

Quando o dia amanheceu, claro e quente como nunca antes, o Phanteon estava impregnado com o cheiro de torta de maçã e chá de canela, e quase não se podia ouvir as últimas instruções dos guardiões por causa da algazarra que os alunos faziam, ansiosos pelo início das Batalhas de Enigmas.

Gabrielle se sentia péssima. Dentro de alguns instantes estaria entrando na arena do Campo de Batalhas. Não tinha a menor ideia do que enfrentaria.

— Gabrielle, você precisa de muita energia — disse Miranda Netchop, do Condado de Terryor, nem percebendo que dava instruções à sua adversária. — Os arqueiros são sempre os que vão na frente.

— Obrigada, Miranda — respondeu Gabrielle, mas estou muito nervosa para conseguir comer qualquer coisa.

Antes mesmo das oito horas, conforme fora avisado pelo Guardião Desdenhus, Kaibalyon inteira estava nas cadeiras ao redor do Campo de Batalhas. Na arena central, a enorme mandala nas cores dos cinco condados esperava os combatentes. Alguns alunos já começavam a disparar seus insultos e, às vezes, alguns animais-guias saltavam de seus infinitos, sobrevoando por sobre a cabeça dos competidores.

A Guardiã Curitys reuniu-se nos vestiários com Gabrielle Acquamor, Eduardo Trudius, e os irmãos Camélia e Thiago Presquar para lhes entregar suas armaduras e verificar se as armas estavam em perfeito estado. A Brigada de Aquor vestia suas roupas azuis com a armadura dourada e o brasão do condado no peito (a Brigada de Terryor jogaria com roupas verdes).

A Guardiã Curitys chamou a atenção dos combatentes, pedindo-lhes silêncio.

— Muito bem, heróis de Aquor. Está na hora.

— A Brigada de Aquor! — disse Eduardo Trudius, levantando sua espada.

— A Brigada de Aquor! — repetiram todos, igualmente levantando suas armas.

— Aí vem o discurso da Guardiã Curitys — comentou Thiago Presquar para Gabrielle. — Eu estive na Brigada de Aquor no ano passado.

— Silêncio, Thiago — ordenou a Guardiã Curitys —, a batalha é agora e não no passado. Passado é passado, e Aquor tem uma nova chance de mudar o futuro, aqui e agora. Vamos vencer!

Encarou os combatentes colocando a mão ao alto, esperando que eles fizessem o mesmo. Não obteve resposta.

— Certo. Está na hora! Sigam-me...

A professora Leysa Marys era a juíza, auxiliada por Rubium Sabidorum. Os dois estavam parados no meio da mandala esperando as duas brigadas, com suas cordas de lúmens nas mãos.

— Queremos ver uma excelente Batalha de Enigmas — disse quando todos estavam à sua volta. — Na primeira rodada só poderão utilizar suas cordas de lúmens, segurem-nas nas mãos e ocupem seus lugares.

A brigada de Terryor já estava a postos, ocupando quatro quadrantes da mandala. O Guardião Desdenhus comandava Damastor Grandys, Miranda Netchop, Mozar Cravius e Abelle Pittar.

De certa maneira, a presença de Damastor na brigada rival trouxe tranquilidade à Gabrielle, e foi nesse momento que a temperatura mudou completamente. Uma nevasca repentina cobriu todo o Campo de Batalha de branco, e os poucos animais-guias que ainda estavam soltos voltaram imediatamente para seus infinitos. O frio trouxe lucidez e as emoções ficaram congeladas.

— Maldita Gabrielle! — Ouviu-se alguém gritar no meio da multidão de cadeiras flutuantes.

A torcida de Terryor levantava-se gritando em coro, enquanto a torcida de Aquor silenciou e soltou murmúrios de lamento.

Acima deles, Gabrielle sobrevoava o Campo de Batalhas, procurando um sinal do primeiro enigma. Ela seguia as instruções que aprendera durante os treinos com Sécryfus.

— Fique sobrevoando o campo até avistar o enigma — dissera Sécryfus. — Seja a primeira a entrar pelo portal de lúmens quando ele se abrir.

Repentinamente, o silêncio era desesperador. Gabrielle conseguia ouvir até mesmo a batida do coração de Yperion e Hella, ainda dentro de seus infinitos. Então ela avistou um lampejo prateado saindo dos olhos de

Abelle Pittar; resolveu disparar em sua direção. Era como se ela fosse uma flecha cortando o campo gelado. Gabrielle estava certa, era um portal de lúmens se formando através dos olhos de Abelle.

Ao atravessá-lo, percebeu que Desdenhus, Curitys, Eduardo Trudius, Mozar Cravius, Damastor Grandys e Abelle Pittar também conseguiram atravessá-lo e vinham atrás dela.

— Tudo bem aí, Gabrielle? — perguntou Curitys, tentando encontrar mais algum combatente de Aquor, além dela própria e Eduardo Trudius.

Gabrielle olhou para a Guardiã Curitys e percebeu que ela estava muito agitada, assim, levantou voo em direção ao rastro dourado que os mantinha presos ao vórtice de lúmens. Desdenhus fez o mesmo, mas bateu na parede transparente, girando no ar e caindo na frente dos combatentes. Cabeça a cabeça, eles se voltaram na direção de Curitys e perceberam que estavam dentro de uma grande bolha. O vórtice girou e dissipou as brumas que os encobria, e desta forma puderam ver que tinham virado miniaturas, dentro de um enorme campo de papoulas.

Além da bolha, porém, era possível ver os espectadores em suas cadeiras, gritando e girando, esperando o espetáculo acontecer. Eles eram o espetáculo. Estavam dentro do enigma.

Tentando se recompor e entender que lugar era aquele, Gabrielle viu que estavam sendo sugados pelo vórtice de lúmens, que girava cada vez mais rápido. Toda aquela angústia e desconforto serviu para trazer os animais-guias para fora de seus infinitos, e quando pousaram, o cheiro de papoulas inundou suas narinas.

Um a um, eles se precipitaram na direção daquelas flores que exalavam um perfume inebriante — parecia que tinham esquecido que estavam no meio de um enigma. Damastor levou a mão para pegar uma das flores.

Gabrielle foi mais rápida que Damastor — estava com a lembrança do chá de papoulas que fizera o Guardião Tratyrus adormecer, disparando para o alto —, e empurrou-o para o lado.

— Não toque na flor! — advertiu.

— Ohhh! — Ouviram um rugido de raiva da torcida do Condado de Terryor, do lado de fora da bolha.

— Muito bem! — gritou a torcida do Condado de Aquor. O gesto provavelmente valeria algum sonho.

A Guardiã Curitys chamou atenção de todos, apontando para o meio da plantação de papoulas. Surgiram por todos os lados anões furiosos, armados e berrando em alto e bom som:

— Fora daqui! O que pensam que estão fazendo? Como ousam roubar nossa plantação?

— Isto não é um roubo, senhor — disse a Guardiã Curitys. — Estamos no meio de uma batalha de enigmas, e quem é você?

— Sou Bellanir Bristell, o comandante de Papouland.

Gabrielle estava achando difícil se manter neutra. O etheryano à sua frente não batia nem na altura de seu joelho.

Finalmente alguém menor do que eu, pensou, não conseguindo conter o riso.

— Está rindo de quê? Sua petulante! Deveriam mudar as regras da Batalha de Enigmas e não permitir que etheryanos insolentes e repugnantes participem.

— Insolente e repugnante? Ora, seu...

— Gabrielle! — ralhou a Guardiã Curitys.

— Mil desculpas, senhor Bellanir Bristell, pode por gentileza nos ajudar a sair daqui?

— Muito bem, muito bem. Assim está melhor. Sigam-me!

Foi nesse momento que Gabrielle se desviou de uma rajada de sementes de papoulas, que passaram perigosamente raspando sua cabeça. Tudo aconteceu rapidamente. Suas asas de lúmens deram uma perigosa e repentina guinada, levando-a de encontro à plantação. Por uma fração de segundo ela conseguiu desviar para não cair em cima de um grupo de anões enfurecidos. Segurou o peito com firmeza para que Yperion e Hella não saíssem. Nunca havia sentido nada parecido antes. Ela pressentia o perigo eminente e não conseguia entender o porquê de os animais-guias não voltarem para o infinito, já que havia identificado a emoção.

Aconteceu mais uma vez. Era como se alguém estivesse tentando arrancar suas asas de lúmens. Gabrielle tentou voltar para junto da Guardiã Curitys, queria saber o que estava acontecendo, e então percebeu que suas asas de lúmens haviam desaparecido. Mesmo sem asas ela continuava flutuando. Não conseguia voltar para o chão. Ela ziguezagueava pelo ar e, de vez em quando, era arremessada contra a parede da bolha.

A torcida de Terryor estava enlouquecida.

— Não sei o que Gabrielle acha que está fazendo — disse Tratyrus. — Se eu não entendesse de enigmas, eu diria que ela comeu alguma semente de papoula... mas não pode ser...

De repente, os torcedores em todas as cadeiras estavam apontando para Gabrielle. Suas asas de lúmens estavam encolhendo e ela começava a cair. Houve uma grande histeria. Ela havia perdido as asas e o seu tamanho também. Estava encolhendo em pleno ar.

— O que está acontecendo com Gabrielle? — cochichou Ingrid a Damastor.

— Não pode ser! — respondeu Damastor, a voz trêmula. — Você também está encolhendo, Ingrid... espera! Eu também...

Ao ouvir isso, Ingrid Ferdinandys agarrou-se aos braços de Damastor, mas em vez de olhar para Gabrielle, que já estava no chão, começou a espiar os brigadistas que agora também estavam encolhendo.

— O que está acontecendo? — gemeu Ingrid, o rosto branco.

— Eu sabia! — exclamou Damastor. — Ingrid, olhe.

Alguma coisa sacudia a plantação de papoulas, liberando o pólen e o perfume que os combatentes eram obrigados a inalar. Por isso estavam encolhendo.

Então Gabriele entendeu o que estava acontecendo. Eles não estavam só encolhendo... estavam ficando mais jovens também. Tinham voltado no tempo em que ainda eram crianças.

Do meio da plantação de papoulas começam a aparecer macacos e cobras de todas as espécies. Todos tinham os olhos fixos em Gabrielle que, àquela altura, mordia os lábios sem parar, já que o pavor não permitia sequer que ela gritasse.

— Ele está fazendo alguma coisa — disse Ingrid Ferdinandys.

— Ele quem? — perguntou Damastor.

— Bellanir Bristell! Vejam! Ele está dando ordens aos animais. — Apontou Ingrid.

— Que... vamos... fazer? — balbuciou Gabrielle, paralisada de medo.

— Deixem comigo! — disse Damastor, que ainda era o maior de todos, apesar de agora ter uns dez anos, mais ou menos.

Antes que mais alguém pudesse dizer alguma coisa, Damastor Grandys apontou seu bastão para Bellanir Bristell. Ele parecia vibrar ao mesmo tempo em que apontava os braços na direção de Gabrielle. A vibração era tão forte que era quase impossível Gabrielle se aguentar de pé. Tentou saltar e levantar voo, mas percebeu que já não tinha mais suas asas de lúmens.

A torcida se levantava, acompanhando com os olhos, vibrando, esperando que os animais devorassem Gabrielle, mas não adiantou tanta energia concentrada. Toda vez que algum macaco ou cobra se aproximava dela, Damastor os rebatia para o alto com seu bastão. Ele se mantinha em movimento ao redor dela, fazendo círculos de lúmens sob Gabrielle, protegendo-a de todos os ataques... Por fim, Ingrid Ferdinandys também se juntou a ele e, com sua espada, cortou algumas cabeças de cobras e as via desaparecer através da bolha do enigma.

— Anda logo, brigadistas — gritou Damastor, desesperado. — Venham ajudar!

Tratyrus e Curitys abriram caminho em meio à plantação de papoulas e vieram ajudar. Com suas cordas de lúmens, laçavam os macacos e os arremessavam contra a bolha do enigma. Ao chegar perto de Gabrielle, Tratyrus se agachou, puxou sua mão e lhe disse baixinho.

— Sinto que minha chave está aqui! — sussurrou o guardião. — Ela está me chamando. — Em seguida, caiu no chão, desacordado.

Levou talvez uns dez segundos para que Gabrielle percebesse que havia uma luz viva e esverdeada por baixo das vestes de Bellanir Bristell. Uma silhueta estranha se formou, um macaco e algumas cobras se fundiam no peito dele. Foi tudo tão rápido que Gabrielle não soube se era verdade ou alguma visão. Então ela gritou com todas as suas forças:

— A chave Verittas está com Bellanir! Temos que resgatá-la!

O silêncio repentino confirmou que Gabrielle conseguira o seu intento. Os brigadistas agora se moviam numa única direção: Bellanir Bristell, o comandante de Papouland.

— Não se aproximem! — gritou ele, ao mesmo tempo em que tirava a chave Verittas do peito. — Ou vou destruí-la para sempre!

Os olhos de Abelle Pittar se encheram de luz e, através deles, o enigma retrocedeu depressa, trazendo os combatentes de volta à arena — Bellanir Bristell nunca saberia o que acontecera.

Foi o suficiente. De volta à arena, Gabrielle percebeu que voltara ao tamanho normal e que estava com suas asas de lúmens novamente. Tratyrus trazia algo mais do que um sorriso nos lábios. A Chave Verittas estava novamente em seu poder.

— Recuperamos a chave! — gritou, mostrando-a no alto, e a plateia vibrou, na mais completa gritaria.

— Foi Damastor — disse Gabrielle.

— Não — discordou Damastor —, foi a Ingrid, ela que viu.

— Não! — retorquiu Ingrid. — Foi Gabrielle...

Estavam no meio da discussão quando Tratyrus gritou:

— Ahhhhhh! Não pode ser! — A chave explodiu em suas mãos e, em seu lugar, uma fumaça negra se dissipou no ar. — Era pura ilusão! Maldito Bellanir!

Ainda não haviam se recuperado do choque quando ouviram a Guardiã Curitys gritar:

— Meu Morphys! Minha chave sumiu! — E caiu de joelhos, chorando.

Depois de muita discussão, não conseguiram chegar a um resultado preciso. Aquor e Terryor acabaram ganhando vinte sementes de sonhos, e Fígys totalizou cinquenta. Gabrielle estava muito triste. Seria mais uma longa noite de sonhos.

No dia seguinte, o IFIB estava nas alturas, e os hologramas apontavam que o motivo era a tristeza de Tratyrus e Curitys, que não pararam de chorar a noite inteira.

CAPÍTULO DOZE

O coração de Medlor

O mês de novembro chegou e o Pensador Aurélyus Néquilus convidou Gabrielle para se tornar sua discipula. Durante o tempo que restava até poder voltar para a Terra e rever o irmão Rafael, ela se ocupou com o estudo dos pergaminhos e a prática da visualização.

Gabrielle bem que tentou esquecer o que vira nos campos de papoulas, com a mesma facilidade com que flutuava nas suas bolhas, mas não era tão fácil assim. Então ela começou a manifestar pesadelos ao invés de sonhos, e já estava preocupada porque havia muitas sementes estragadas na sua sacola de sonhos possíveis.

— Está vendo? A Pensadora Irenys Lentlas tem razão, as sementes de sonhos estragadas podem deixar qualquer um louco — disse Aurélyus Néquilus quando Gabrielle lhe contou os pesadelos e a visão que tivera no campo de papoulas.

Estava dilacerada, entre o sonho de voltar para a Terra e o desapontamento de não ter ao menos descoberto uma pista sobre o paradeiro de Eloá. Quase perdeu as esperanças de encontrá-la. Embora em seu coração ela tivesse certeza de que estava em algum lugar de Étherys.

Quando o período de provas começou, todos os heróis se ocupavam com os estudos de pergaminhos e enigmas, e Gabrielle tinha que se esforçar para dar conta de todas as atividades, porque o treino para as Batalhas de Enigmas ocupava boa parte do seu tempo.

O Guardião Sécryfus estava apertando os combatentes como nunca. Até mesmo as notícias de que ladrões de sonhos estavam espalhados por todo o Reino não faziam ele desanimar. Os combatentes reclamavam que ele estava ficando obcecado, mas Gabrielle o apoiava. Se fizessem mais cem sementes de sonhos, o Condado de Aquor ficaria empatado com Terryor em segundo lugar, pela primeira vez na história de Kaibalyon.

Então, durante um dos treinos, o campo de enigmas estava particularmente encoberto pelas brumas. O Guardião Sécryfus achou que estava tudo bem, mas ele não tinha reparado no portal do enigma que estava por perto.

Naquele momento, Damastor chegou aos prantos no campo de enigmas. O motivo de tanto desespero, ninguém sabia.

— O que aconteceu? — perguntou Gabrielle Acquamor, materializando uma cadeira de lúmens para que eles pudessem se sentar ao lado de Ingrid Ferdinandys.

— Foi o Alvarus — disse Damastor com a voz trêmula —, foi ele quem abriu essa semente. Agora vou ficar chorando a noite inteira. Ele disse que precisava de alguém para praticar. Por que eu?

— Você quer que eu gaste uma semente para tentar fazer você parar de chorar? — perguntou Ingrid que, naquele momento, não parava de rir.

— Você acha graça? Nunca viu ninguém chorar?

— Não é nada disso! — disse Gabrielle. — Ela está sob efeito da semente do riso. Eu estava praticando.

— O que está acontecendo aqui — perguntou a Guardiã Curitys.

— Sementes contrárias — explicou Gabrielle.

— Não quero mais confusão — murmurou —, ainda não entenderam que não se deve misturar as sementes das emoções? E você, Damastor, por que não tentou impedir Alvarus quando ele pegou uma semente?

— Já tenho tão poucas... não posso desperdiçar.

— Tudo bem se prefere chorar a noite inteira, mas não há razão para você não se defender. Poderia ter lhe rendido mais do que a semente que você economizou em sua defesa.

— Tá vendo? — disse Damastor, soluçando. — Agora além de chorão, sou burro!

Ingrid deu boas gargalhadas e Gabrielle quase se engasgou ao tentar conter a emoção. Não sabia se ria ou chorava. Mas bem que achou engraçada aquela situação e decidiu que era hora de abrir uma semente da tranquilidade.

Essa sem dúvida foi a melhor escolha de todas. Quando a semente estourou e o vórtice de lúmens envolveu o campo de enigmas, Damastor cessou o choro e Ingrid, os risos. Uma atmosfera de paz tomou conta dos três, e os animais-guias se acalmaram nos seus respectivos infinitos.

— Sábia escolha, Gabrielle — disse o Guardião Sécryfus, se aproximando —, amanhã terão que praticar com sementes do silêncio. Já estarão pré-aquecidas. — E afastou-se dando boas gargalhadas.

Gabrielle apalpou os bolsos de suas vestes e tirou um saquinho de sementes, as últimas que ainda lhe restavam; não passava de uma dúzia e ainda tinha vários treinos antes da batalha com o Condado de Fígys. Não se arrependeu da semente que usara, o amigo Damastor já não era muito bonito, e quando estava chorando então, ficava pior ainda.

A boca de Damastor se contraiu num sorriso enquanto se preparavam para deitar.

— Obrigado, Gabrielle... acho que vou ter bons sonhos esta noite. Você quer uma semente de volta? Posso te devolver a que gastou para me fazer parar de chorar.

— Não desperdice suas sementes, Damastor, você precisará delas amanhã. Não consegue manter essa boca fechada, como pensa em fazer silêncio?

— Justamente — murmurou. — Amanhã terei que fazer silêncio de qualquer maneira, quero aproveitar o tempo que me resta para falar. Eu já te contei que no campo de papoulas eu vi um vulto retirando a chave da Guardiã Curitys?

— O quê? — exclamou Gabrielle, sentando-se na cama de sobressalto. — Por que não me contou?

— Eu disse a vocês quando saímos do enigma... ninguém me ouviu... E depois com toda aquela confusão eu me esqueci.

— E de quem era o vulto? — perguntou Ingrid, também sentando na cama.

— Só pode ser do príncipe Benjamin! — afirmou categórica Gabrielle.

— Aí é que você se engana... era uma mulher! — disse Damastor.

— Uma mulher? Mas quem? — indagou Gabrielle, pensativa.

— Não pode ser — disse Ingrid, boquiaberta. — Tem certeza, Damastor?

— Tenho certeza! Quem roubou a chave Verittas de Tratyrus e a chave Athaere de Curitys era uma mulher!

— Ah, não! — exclamou Gabrielle, dando um soco na parede.

— Por que está tão nervosa? — perguntou Damastor. — Eu disse mulher e não criança. Esqueceu que tínhamos voltado a ser criança? Ninguém vai pensar que foi você.

— Não estou falando de mim... estou falando de Verena.

Damastor e Ingrid trocaram olhares intrigados e não disseram mais nada, voltaram para suas camas e iniciaram seu ritual do sono.

Gabrielle não conseguiu pregar os olhos a noite inteira. Quando o dia amanheceu, encontraram-na sentada na janela, folheando o livro das emoções, de Hellyen Conciatem.

— O que está fazendo acordada tão cedo? — perguntou Damastor.

— Não consegui dormir e peguei este livro para me distrair um pouco, com seus roncos era impossível — brincou.

— Distrair? — admirou-se Damastor, mas Ingrid Ferdinandys pediu para que ele ficasse quieto, resmungando para si mesma alguma coisa.

— Por acaso já temos que fazer silêncio? Mas nem abrimos as sementes ainda — disse Damastor, indignado. Ingrid não lhe respondeu.

— Quanto mau humor — murmurou Damastor.

— A chave Verittas, e agora a chave Athaere — murmurou Gabrielle.

— O que está dizendo? — perguntaram ao mesmo tempo Ingrid e Damastor.

— Só estou pensando alto — disse Gabrielle, virando-se de costas para os dois.

O estudo das emoções preocupava-se com as reações diante dos episódios da vida em Étherys, e quanto mais aprofundado em seus conhecimentos, mais o herói aprendiz ganhava em consciência e habilidade para decifrar os enigmas. Na verdade, depois do tempo em que estava em Kaibalyon, Gabrielle já podia afirmar uma coisa com certeza: tudo era emoção.

Controlá-las é que era o seu grande desafio.

— Estive pensando... — disse Gabrielle Acquamor, quando terminaram o ritual dos alimentos e se dirigiam para o campo de enigmas.

— Quem roubou a chave Verittas e a Chave Athaere escolheu um ótimo lugar para escondê-las. No campo de papoulas é difícil saber o que é verdade e o que é ilusão.

— Aposto que ela pediu a Bellanir Bristell para guardá-las, porque são amigos — disse Damastor.

— Outra vez essa história de ELA? — questionou Gabrielle nervosa. — Muito me admira que você continue dizendo isso. Sabes bem que vão desconfiar de mim se essa história chegar aos ouvidos de todos.

— Duas chaves? Atração e Verdade... até eu gostaria de tê-las em minhas mãos — disse Ingrid, tentando quebrar o silêncio constrangedor —, qualquer um gostaria.

— Por que não encontrei nada sobre as chaves no livro das emoções? — perguntou Gabrielle para Ingrid Ferdinandys.

— Por que não são as emoções que fundiram as chaves — respondeu simplesmente.

— E do que foram feitas?

— De pura energia, é claro — disse Ingrid, satisfeita. — Nunca encontraria nada sobre elas em Estudos das Emoções. Da próxima vez, procure pelo livro da Energia, na Matriz Divina, de Vídia.

— Sério? Existe um livro sobre energia? — perguntou Gabrielle, muito interessada.

— Existir... existe, mas é proibido para os alunos de Kaibalyon. Apenas os pensadores, os guardiões e o próprio rei têm acesso a ele.

— Como é que esperam que eu possa ajudar a resgatar as chaves roubadas se não tenho acesso às informações? — resmungou Gabrielle. — Preciso falar com o Rei Emanuel...

— Hoje não — disse a Guardiã Lityas, ouvindo o que Gabrielle acabara de dizer. — Hoje ninguém poderá falar nada. Por favor, heróis, peguem suas sementes e manifestem o silêncio. Serão vinte e quatro horas. E não se esqueçam, o silêncio não vem só por cessar as palavras, o verdadeiro vem de dentro. É este o silêncio que devem buscar e aproveitar. Aproveitem para ouvir o que ele tem a lhes dizer.

Somente quando as sementes do silêncio germinaram que Gabrielle se lembrou de que as próximas batalhas de enigmas se aproximavam.

Achou que essa mudez seria uma ótima oportunidade para estudar as emoções dos figyanos. Não queria que pensassem que ela tinha medo de enfrentá-los numa batalha de emoções.

"Vou tirar aquele sorriso de superioridade deles", pensou.

À medida que o tempo passava, porém, Gabrielle foi ficando cada vez mais incomodada com o silêncio, mesmo que negasse isso com o olhar que devolvia para Damastor e Ingrid. O resto da brigada também não estava tão calma. A ideia de aproveitar o silêncio para meditar ou fazer visualizações não era tão fácil como havia sugerido a Guardiã Lityas, que parecia ser a única que estava confortável com a situação. Gabrielle não ficava quieta nem mesmo quando dormia, e se perguntava se conseguiria passar tanto tempo assim.

Por imposição, era muito difícil conseguir a concentração necessária e iniciar o ritual. À certa altura, Gabrielle não sabia se estava visualizando ou não, mas parecia estar flutuando dentro da bolha, embora sentisse que ainda estava tocando o chão. Às vezes ela se perguntava se algum dia encontraria sua mãe Eloá outra vez, era horrível sentir-se tão sozinha.

Por fim, quando o dia foi chegando ao fim, o silêncio já estava se transformando numa espécie de tortura mental. Era tão ruim que Damastor parecia emitir alguns ruídos pelos poros. Gabrielle não imaginava como fazê-lo parar, no entanto, por vezes tinha a horrível sensação de que a Guardiã Lityas podia ler seus pensamentos. Uma onda de calor saía dela e vinha na sua direção, tocando-a no peito. Yperion e Hella se agitavam no infinito e Gabrielle sabia que, se não acalmasse sua mente, logo eles teriam que sair. Estava cada vez mais insuportável dominar seus ímpetos.

Foi nesse momento que ela teve uma ideia. Lembrou-se de sua irmã Juliana e do quanto ela lhe fazia acalmar-se quando criança. Imaginar o som da voz da irmã tranquilizou-a e, depois de algum tempo, sua bolha subiu e ela deu início ao seu ritual de visualização.

Gabrielle deu uma gargalhada de alívio. Estava segura dentro da bolha. Estava no seu quarto, na companhia dos irmãos Rafael e Juliana. Simplesmente não havia jeito de alguém machucá-la enquanto estivesse ali. Era maravilhoso.

Mas nem tudo era como ela imaginara. Hellyen Conciatem chegou no quarto e estava com a cara tão zangada que, na hora, os três irmãos pararam de brincar. Ela trazia alguma coisa nas mãos e não conseguia enxergar os meninos.

A ministra da consciência retirou um pergaminho e o escondeu no fundo de uma gaveta. Atravessando em seguida um portal de lúmens que a fez desaparecer.

— Nunca vi a tia Eliane com uma cara tão feia — disse Rafael.

— Vamos ver o que ela escondeu ali? — perguntou Juliana, curiosa.

Então eles desceram da cama e abriram a gaveta no fundo do armário. Uma luz avermelhada e intensa produziu o vórtice que trouxe Gabrielle de volta à bolha.

Alguém cutucava Gabrielle na cabeça. Era a Guardiã Curitys.

— Acorde, Gabrielle, você está aí? — perguntou a guardiã, quebrando as regras do silêncio, dando um largo sorriso para Gabrielle.

— Quanto tempo será que Damastor vai aguentar de boca fechada? — perguntou Gabrielle. — Alguém quer apostar?

Damastor não respondeu e não se incomodou com a provocação. A Guardiã Lityas acabara de anotar as sementes de sonhos que Gabrielle havia ganho, proporcional ao tempo em que estivera calada: três.

Ingrid Ferdinandys mantinha os dedos cruzados no colo e apertava os joelhos. Não demorou para que sua bolha tocasse o chão. E depois das sete horas da noite, sob o olhar de espanto de todos os brigadistas, Damastor Grandys era o único que ainda permanecia em silêncio.

A noite chegou, e na manhã seguinte:

— Ahhhhhhhhhhhhhhhh!

Damastor Grandys berrou a plenos pulmões. Gabrielle achou que seu grito não acordou somente os heróis do dormitório 14, mas toda Kaibalyon.

— Sabem como consegui ficar em silêncio? — disse Damastor alguns minutos depois de parar de pular e comemorar sua vitória. — Fiquei contando sementes de sonhos.

— Meu Morphys! — disse Fausto Liffer. — Damastor, não lhe faltam apenas sementes de sonhos, você não tem juízo também.

Damastor estava tão feliz que não se deixou levar pelas emoções diante da provocação de Fausto Liffer.

— Não tinha — disse ele muito entusiasmado. — Agora minha sacola está cheia de sementes. — Tirou-a do bolso e sacudiu-a no ar.

— Isso mesmo, mostre as sementes, Damastor — pediu Ingrid Ferdinandys.

Foi muito rápido o que aconteceu. Um vulto atravessou o dormitório e tirou a sacola de sementes de sonhos das mãos de Damastor, atirando-se em seguida no portal que apareceu na janela.

— Quê? Onde?

Gabrielle inesperadamente deu um salto espetacular, provocando gritos de Ingrid e Fausto Liffer. Damastor se levantou e correu para a janela, mas o portal já havia se fechado. Gabrielle conseguira atravessá-lo como uma bala.

— Vamos torcer para que Gabrielle consiga recuperar as sementes do ladrão de sonhos — disse Fausto Liffer. —, ou Aquor ficará sem uma arqueira para a batalha de enigmas.

Damastor Grandys reagiu. Antes que Fausto Liffer soubesse o que estava acontecendo, Damastor pulou para cima dele e os dois caíram no chão. Damastor parou, olhou para ele com o punho cerrado e depois o ajudou a se levantar.

— Você é uma vergonha para Terryor! — Damastor gritou. — Gabrielle com certeza vai conseguir recuperar minhas sementes de sonhos, eu confio nela.

Do outro lado do portal de lúmens, Gabrielle forçou a velocidade das asas de lúmens bem em tempo de ver um vulto passar por ele, deixando de atingi-la por milímetros e, no instante seguinte, Gabrielle saía no voo mais rápido que já dera na vida, seguindo o vulto que mergulhava na direção de um vulcão em erupção.

Ela já ouvira falar do vulcão Coração de Medlor, mas não imaginava que quando o visse pela primeira vez estivesse sozinha.

O vulcão explodiu. Lavas borbulhavam e bolas de fogo incandescente vinham em sua direção. Gabrielle não havia treinado ainda com bolas de fogo. Por incrível que achou que pudesse parecer, ela conseguia desviar-se delas e as que a tocavam de raspão, não a queimavam. Ficou surpresa com sua própria velocidade e feliz por ser imune ao fogo outra vez.

— Gabrielle! Gabrielle! Cadê você? Estou aqui. Gabrielle! Venha me salvar! — gritava aquela voz que a perseguia há tanto tempo. Parecia estar vindo de dentro do vulcão.

Neste momento, Gabrielle conseguiu arremessar uma bola de fogo para o alto e ela se chocou contra a parede de uma bolha. Então ela percebeu que estava dentro de um enigma. As cadeiras circulavam ao redor da bolha e a plateia vibraram ao perceber que Gabrielle estava presa sozinha dentro do enigma.

A alegria da plateia durou pouco. Gabrielle quase não conseguiu acreditar quando viu que a brigada inteira pousou ali perto, as caras brancas e os lábios contraídos da maioria deles. Então, Gabrielle sentiu uma mão em seu ombro, ergueu a cabeça e se deparou com o rosto sorridente de Aurélyus Néquilus.

— Muito bem — disse Aurélyus Néquilus baixinho, para que somente Gabrielle pudesse ouvir. — Que bom que você não ficou pensando no roubo das sementes. Excelente.

Damastor Grandys cuspia sobre uma bola de fogo que acabara de abater com o bastão e sorria para ela, orgulhoso.

Gabrielle deixou as bolas de fogo um pouco e se afastou para observar a brigada lutando para se defender e defendê-la ao mesmo tempo. Não se lembrava de ter se sentido mais feliz. Realmente havia feito uma coisa de que poderia se orgulhar — ninguém mais poderia dizer que ela era uma ladra de sonhos. Havia conquistado amigos.

As bolas de fogo e a lava incandescente nunca lhe pareceriam tão boas. Seu coração estava muito mais quente do que o próprio vulcão. Os brigadistas de todos os condados lutando lado a lado. Todos destruindo as bolas de fogo e fazendo sementes de água germinar.

Damastor dando vivas com o nariz escorrendo sangue.

Gabrielle repentinamente deu por falta de Miguel Cantyus. Recostou-se numa pedra e procurou por ele. Contemplou o vulcão e percebeu que alguma coisa se movia na boca da cratera. Era o vulto...

Ele segurava Miguel Cantyus na boca do vulcão e estava prestes a soltá-lo.

Uma figura sombria tremia e vibrava na boca do vulcão. Sem dúvida não queria ser reconhecida, andava o mais depressa que podia em direção à boca da cratera. A chama no peito de Gabrielle se acendeu, e Yperion e Hella saltaram para fora. Gabrielle só tinha olhos para Miguel, que nem ao menos conseguia gritar de tanto pavor.

— Que está acontecendo? — Damastor indagou, mas Gabrielle não ouvia nada.

Gabrielle tornou a saltar o mais alto que pôde com suas asas de lúmens, e se lançou num voo cego na direção de Miguel. Como se o vulcão estivesse em erupção dentro de seu infinito, viu o vulto soltar Miguel Cantyus na imensidão da cratera.

Gabrielle se jogou e conseguiu alcançar Miguel. Ele havia perdido a consciência. O vulto planou a seu lado. Segurou as duas chaves roubadas nas mãos e sorriu para ela. O rosto... o rosto se revelou...

É Eloá... Eloá é o ladrão de sonhos.

Damastor viu o momento em que Gabrielle se jogara na cratera e, sem pensar duas vezes, se lançou atrás num voo desesperado, tentando alcançar a amiga.

Gabrielle tentou tirar as chaves de Eloá e não conseguiu. Damastor entrou na luta e teve suas asas arrancadas por Eloá, que soltou uma gargalhada doentia e perturbadora. Então Gabrielle percebeu que não podia ser sua mãe... Ela jamais cortaria as asas de alguém.

Gabrielle conseguiu pegar Damastor e subiu com ele e Miguel num voo lento e tranquilo. O enigma se fechou e a Brigada da Coragem se encontrou outra vez no campo de Batalhas, de Kaibalyon.

Estava quase escuro agora, mas Gabrielle pôde ver com clareza o que acontecera no vulcão; parada como se estivesse petrificada, não fazia nenhum gesto.

— Deixem isso pra lá agora — disse a Guardiã Curitys, ofegante. — Vamos para o Phanteon, temos que contabilizar as sementes.

Depois de somadas as sementes — e Gabrielle não sendo a única que não ficou surpresa por Damastor Grandys ter levado a maioria delas — foram para o dormitório.

— Gabrielle, quem era o ladrão de sonhos? — perguntou Damastor com a voz trêmula. — Não consegui ver...

— Também não vi! — gritou Gabrielle, tentando acreditar nas próprias palavras. — Vencemos ou não vencemos?

— Vencemos? Você venceu! — gritou Damastor, dando palmadas nas costas de Gabrielle. — Você me salvou.

— Eu venci? — brincou Gabrielle. — Quem pulou dentro de um vulcão para me ajudar?

— Não seja convencida — murmurou Damastor. — Estava muito frio no platô, só quis esquentar um pouquinho.

CAPÍTULO TREZE

O labirinto dos pesadelos

As coisas não poderiam estar mais confusas.

Aurélyus Néquilus levou Gabrielle, Damastor e Ingrid no Cubiculum Hospitalem, onde eles ficaram sentados ao lado da cama de lúmens, na qual Miguel Cantyus se recuperava das queimaduras. Ficaram apenas em silêncio, sem trocar nenhuma palavra entre si. Miguel Cantyus tremia de febre.

Perguntas, suposições e desejos se misturavam feito o vulcão em erupção dentro de sua cabeça, e não encontrava respostas para nenhuma delas. Ela não conseguia pensar como falar o que viu no vulcão... E com quem?

No fundo de seu coração ela tinha medo de condenar sua mãe, sua verdadeira mãe, Eloá, a viver para sempre como escrava de Medlor, agora que sabia que ela era a ladra de sonhos que atacara Kaibalyon. Como ela poderia pensar uma coisa dessas... sua mãe jamais faria uma coisa assim... a não ser que estivesse sob os domínios de Medlor. E para isso precisaria de ajuda, e das boas!

A essa altura, Gabrielle acreditava que as coisas não poderiam se complicar mais. Estava enganada. Quando o Mudra Edgar Xantras apareceu, vinha sorrindo e gritou de longe:

— Gabrielle! — exclamava ele, no instante em que a viu. — Eu estava mesmo tentando encontrá-la para que treinasse um pouco a arte da Mudra — disse ele, entusiasmado.

— Mudra? Gabrielle? — disse Damastor, tentando conter o riso.

Gabrielle beliscou Damastor com força, tentando fazê-lo calar a boca, mas o Mudra Edgar Xantras ouviu. Seu sorriso desapareceu de imediato do rosto, e olhava para os três de cima a baixo, com olhar de repreensão.

— Jamais acreditei que Gabrielle fosse capaz disso. Mas Aurélyus Néquilus insistiu para que eu fizesse o teste — disse Edgar —, e ordens são ordens. Toque nele, venha!

— Tocar? — perguntou Gabrielle, disfarçando para que os amigos não percebessem que ela sabia perfeitamente o que deveria fazer.

— Sim! Toque Miguel... venha... coloque sua mão na testa dele, assim...

Era a primeira vez que Gabrielle ficava intimidada em fazer alguma coisa desde que chegara à Kaibalyon. Olhava para baixo, disfarçando a angústia que sentia. Então levou a mão lentamente até a testa de Miguel, tocando-o com suavidade.

— Agora eu me lembro perfeitamente de tudo o que aconteceu — disse Miguel Cantyus, sentando-se na cama e assustando até mesmo Edgar Xantras. — Eu sei quem é o ladrão de sonhos... Eu a vi!

Gabrielle achou que ia perder os sentidos. Mas ao invés disso, Yperion e Hella saltaram para fora do infinito, derrubando todas as coisas do quarto, atropelando Damastor e Ingrid, que se atiraram no chão.

— Verena! Verena é a ladra de sonhos! — gritou Miguel Cantyus. O único som que se ouviu foi de um corpo caindo no chão. Edgar Xantras perdera os sentidos.

Gabrielle teve uma lembrança do passado e se recordou de que já tinha visto aquela cena uma vez.

— Sei o que está acontecendo — disse Aurélyus Néquilus quando soube da história. — Não é preciso ser iluminado para somar dois mais dois. Miguel Cantyus ouve essa história desde que nasceu, sobre Verena ser uma Ladra de Sonhos, o que já foi provado que não é verdade. Suponho que o verdadeiro Ladrão de Sonhos tenha usado a energia de alguma semente de identidade e o confundiu. É claro que ele acreditaria... qualquer um acreditaria se a tivesse visto.

Gabrielle surpreendeu o olhar de Damastor e tentou lhe dizer, sem falar, que aquilo não era verdade, porque viu a expressão de desapontamento e mágoa no rosto do amigo. Gabrielle sabia o quanto o havia magoado e se arrependeu de não ter lhe dito a verdade.

— Estou desapontado — disse Damastor quando estavam indo para a aula de animais-guias com o Pensador Rubium Sabidorum. — Você,

Gabrielle Acquamor, achei que podia confiar em você. Ou melhor, quer dizer, pior... acreditei que confiava em mim.

— Desculpe, Damastor. Não queria magoá-lo... me perdoe.

— Acreditei que nossa amizade significava mais para você do que parece. Não há nada que lhe dê o direito de roubar um sonho do meu coração. Mas tudo bem, é só me dar cinquenta sementes de sonhos que estamos quites.

— Seu bobo! — disse Gabrielle, socando o ombro de Damastor. — Acreditei que estava falando sério. De qualquer modo, você merece mais do que cinquenta sementes.

— Mais do que cinquenta? — Ofegou Damastor. — Se eu ganhar mais cinquenta sementes, Aquor pode dizer adeus à vitória.

Era verdade. O Condado de Terryor já estava na liderança e o Condado de Aquor estava em terceiro lugar. Fígys, é claro, estava em segundo e o Condado de Aerys em último. Na verdade, ela não se importava em ganhar ou perder. Tudo o que ela queria era descobrir o que acontecera com Eloá. Como descobrir seu paradeiro?

Gabrielle não conseguiu dormir naquela noite. Ouviu Damastor roncando durante o que lhe pareceu uma eternidade. Não conseguia pensar em nada que lhe fornecesse uma única pista ao menos do paradeiro de sua mãe. Estava com medo de que não a reencontrasse nunca mais. O que aconteceria na manhã seguinte, quando Kaibalyon inteira soubesse o que Miguel Cantyus contou?

No início do dia, apenas alguns alunos que passavam pelos hologramas ouviram as últimas notícias. A maioria deles, do último nível de Kaibalyon, não dera muita importância. Mas por volta do meio-dia, a história já havia se espalhado: Gabrielle Acquamor, a "enviada de Morphys", era a responsável pela volta dos ladrões de sonhos.

E tudo voltou a ser como antes. Da posição que já havia conquistado, a duras batalhas de enigmas, tudo retornou. Até os alunos mais avançados se voltaram contra ela porque todos desejavam se livrar de Medlor há muito tempo, e ela era a própria representação do Senhor do Medo em Kaibalyon.

Não restava dúvidas.

Damastor, Ingrid e Miguel foram os únicos que permaneceram a seu lado.

— Eles vão esquecer num piscar de lúmens — disse Miguel, carinhosamente. — Já perdi muitas sementes de sonhos para Fígys e continuam a gostar de mim.

— Você nunca perdeu a energia de fazê-las germinar, ou perdeu? — perguntou Gabrielle, cabisbaixa.

— Bom... não — admitiu Miguel.

Gabrielle não gostava nem um pouco da sensação de ser rejeitada. Bastava virar para o lado e via que alguém a espionava, com desconfiança. Aquilo a incomodava e, quando percebeu, um novo sentimento se apoderava dela: vergonha. Sentia tanta vergonha que procurou o Guardião Sécryfus e pediu para sair da Brigada da Coragem.

— Sair? — indagou Sécryfus, indignado. — O que isso mudaria? Acredita que vão parar de desconfiar de você se acovardando? Mas se nos ajudarmos a recuperar as chaves roubadas de Tratyrus e Curitys, tudo pode mudar.

— Recuperar as chaves? — perguntou Gabrielle. — Não consigo sequer recuperar algumas sementes de sonhos, como pensa que vou recuperar as chaves?

— Não pense que só você está sofrendo, Gabrielle. Todos estamos. Principalmente Tratyrus e Curitys. Além do mais, não consigo dormir à noite, preocupado em ser o próximo a ter a chave Sacrificium ameaçada pelos ladrões de sonhos. Por favor, nos ajude!

Ingrid, Damastor e Miguel também estavam sofrendo. Não gostavam de ver Gabrielle sendo menosprezada e atacada o tempo todo. E aos poucos passaram a ser maltratados também. Até mesmo Miguel, que era o queridinho de Kaibalyon, começou a ser menosprezado, e mantinha a cabeça baixa durante as aulas.

Aquela situação estava ficando insuportável e Gabrielle já estava torcendo para que as batalhas de enigmas recomeçassem logo.

Todos os treinamentos que precisava fazer não eram suficientes para ocupar sua mente, e estava cada vez mais difícil decorar todas as emoções, sentimentos e pensamentos. E para conseguir realizar uma simples visualização, estava demorando horas e horas até que sua bolha finalmente a levasse para dentro de um sonho possível.

Então, na véspera de começarem as batalhas de enigmas, ao retornar dos treinamentos sozinha, Gabrielle ouviu alguém discutindo numa das salas de Kaibalyon. Aproximou-se sorrateira e ouviu a voz do Pensador Eghon.

— Eu já lhe paguei, não tenho mais sementes. Vá embora! E ainda não me trouxe o que pedi, não devo lhe pagar por nada.

— Você me prometeu 200 sementes de sonhos... — Gabrielle reconhecia aquela voz. Já a ouvira inúmeras vezes, mas não queria acreditar.

— Está bem, vou lhe dar as sementes que faltam. — Ouviu Eghon afirmar.

Gabrielle recostou-se na parede e esperou até que Eghon fosse embora. Ele estava pálido e desapareceu por um portal de lúmens. Gabrielle ficou feliz ao perceber que ele não a tinha visto, então empurrou a porta da sala e entrou. Estava vazia e alguns poucos lúmens denunciavam que um portal havia acabado de se fechar ali.

Não precisava ver com os olhos, teria dado todo o seu reservatório de sementes de sonhos se tivesse que apostar em quem acabara de deixar a sala. A Guardiã Curitys, a Guardiã da Chave Athaere, acabara de atravessar o portal.

Gabrielle foi até a Matriz Divinal. Queria resgatar algumas sementes para enfrentar a batalha de enigmas e encontrou-a fechada. Um holograma na porta informava o motivo.

"Houve uma invasão à Matriz Divinal. Ela permanecerá fechada, mesmo que nada tenha sido roubada, enquanto prosseguem as investigações. Os ministros de Étherys solicitam a todos os etheryanos que levem qualquer informação que possuam até o Ministro da Verdade, Aurélyus Néquilus. Serão muito bem recompensados."

Gabrielle decidiu que estava na hora de parar de guardar segredos.

Voltou à Kaibalyon e procurou o Pensador Aurélyus Néquilus. Encontrou-o contabilizando sementes de sonhos. Contou-lhe o que ouvira e pensou ter visto.

— Não diga bobagens! — exclamou Aurélyus Néquilus. — Curitys é uma Guardiã de Étherys, pelo amor de Morphys!

— Mas não é na Matriz Divina que o livro das Energias está guardado? Não é seu conteúdo que ensina como construir as chaves?

— Construir as chaves? Quem lhe disse tamanha bobagem?

Gabrielle se calou. Não queria colocar o amigo Damastor em situação de perder algumas sementes. Ele não a perdoaria.

— Então ainda temos o livro? — perguntou Gabrielle.

— Sim. Ainda temos o livro e aposto que ele ensina como se passar por outro etheryano. Então, o que vamos fazer, Gabrielle?

— Eu devo saber? Pensador?

— Claro! Você é a "enviada de Morphys" — disse o pensador. — Quem mais poderia?

— Quer dizer que tenho permissão para descobrir a verdade?

— Sim... tem permissão — disse baixinho. — Mas, por favor, guarde segredo.

O brilho de aventura voltou aos olhos de Gabrielle e, antes de sair, pediu uma última coisa ao ministro da verdade.

— Posso contar apenas para Damastor, Ingrid e Miguel? Sozinha não creio que terei muito sucesso.

— Está bem. Mas recomendo que abra para cada um deles a semente da confiança... — e antes que Gabrielle deixasse a sala — e uma semente da lealdade também, por garantia.

Depois do treino no campo de enigmas, Gabrielle reuniu os amigos numa sala. Usou para isso um portal que ganhara de Aurélyus Néquilus. Contou-lhes sobre os últimos acontecimentos.

— Quer dizer que não temos provas? — perguntou Damastor. — Para quem vamos pedir ajuda?

— Para a Guardiã Curitys — disse Gabrielle sob o olhar de espanto de todos.

— Você está ficando maluca? Não foi a voz dela que você ouviu? E se foi ela quem invadiu a Matriz Divina?

— Justamente por isso — afirmou Gabrielle. — Se foi mesmo ela, não conseguirá esconder a verdade. Não com a semente que vamos fazer germinar... E não se esqueçam, nós nem deveríamos saber da existência do livro de Energia. Ou querem ir parar no Pensorum Odiatum?

— Não! Claro que não — disse Ingrid Ferdinandys, parecendo muito convencida, mas Damastor não parecia tanto.

— Posso saber ao menos qual a semente que vai abrir.

— Não — respondeu Gabrielle, decidida, antes que Damastor completasse a frase.

E, dizendo isso, puxou um livro que estava debaixo de seu travesseiro de lúmens. Era o livro dos Sonhos Possíveis, de Gregg Braden.

No furor pela missão que recebera de Aurélyus Néquilus, Gabrielle esqueceu um pouco da mãe. Passou várias noites em claro com o livro dos Sonhos Possíveis nas mãos, e devorava palavra por palavra. Achava que não merecia o que tinha em mãos. Era grandioso demais.

À meia-noite, Gabrielle desceu com Damastor, Ingrid e Miguel até o Phanteon. Estava tudo às escuras. Os lúmens já haviam se fundido. Aurélyus Néquilus já se encontrava lá, e havia outros etheryanos com ele. Os Guardiões Sécryfus, Lityas, Curitys, Desdenhus e Tratyrus iluminavam o salão com sementes de lúmens nas mãos.

— Muito bem, lá vamos nós — disse Gabrielle para os amigos. — E nem pensem em desistir agora, perderão todas as sementes que já ganharam se fizerem isso.

Aurélyus Néquilus abriu um portal e eles caminharam pelo jardim de Kaibalyon, completamente às escuras. Damastor não parava de gemer. Gabrielle ficou imaginando qual seria o enigma e onde ele estaria. Devia ser alguma coisa realmente horrível descobrir a verdade. Curitys não parecia nada à vontade.

Finalmente um clarão se abriu na entrada do Labirinto de Enigmas, e um vórtice se lançou na escuridão, puxando-os todos para dentro. Então, ouviram um grito distante...

— É você, mamãe? — disse Gabrielle. — Andem depressa, quero encontrar logo Eloá. Ela está aqui. Ouviram a voz dela também?

— Eu ouvi a voz de Eghon — disse Damastor, sussurrando.

— E eu, a voz de Miguel.

— Eu? — perguntou Miguel. — Eu estou aqui e não gritei...

— Parem com isso! Silêncio! — ordenou Sécryfus. Estão pensando que vão se divertir aqui? Estamos no Labirinto e o enigma é um pesadelo. Concentrem-se ou não sairão vivos daqui.

Ao ouvir isso, Damastor gemeu e Miguel Cantyus ficou paralisado.

— Pesadelo? — disse Ingrid, e não parecia nada tranquila. — Não treinamos com enigmas de pesadelos ainda... tem todo tipo de coisa lá. Animais...

— Cobras? — perguntou Gabrielle, sentindo um arrepio percorrer a espinha.

— Muitas delas, não é Sécryfus — disse Miguel Cantyus, a voz se esforçando para sair da garganta.

Tratyrus saiu do escuro vindo em direção a eles, com seu bastão nas mãos.

— Até que enfim. Já estou esperando há muito tempo para enfrentar esse pesadelo. Tudo bem, Gabrielle, Ingrid, Damastor?

— E Miguel — disse Sécryfus.

— É claro, e você também, Miguel?

— Não se preocupe tanto com Miguel — disse Aurélyus Néquilus —, os pesadelos não o afligem tanto. Temo que ultimamente ele tenha mais medo dos sonhos.

— É por isso que não tem ido aos treinos? — perguntou Sécryfus. — Alguém anda espalhando sementes de confusão por Kaibalyon, não é? — Deu meia-volta e desapareceu no meio da escuridão.

Gabrielle virou-se então para Tratyrus.

— Para onde ele foi? Teremos que entrar sozinhos no Labirinto?

— Se quiser descobrir a verdade, deve enfrentar seus pesadelos — disse Tratyrus. — Está preparada?

— Não vou entrar sozinha — disse Ingrid Ferdinandys, e ficou feliz quando Damastor se ofereceu para acompanhá-la.

— O Pensador Aurélyus seguiu com Miguel, e os guardiões, um a um, desapareceram na escuridão.

A princípio Gabrielle não se mexeu. Depois de um tempo encarou a escuridão e, em seguida, retirou uma flecha da aljava e a colocou no arco, dando o primeiro passo rumo ao enigma e seus pesadelos.

O labirinto estava escuro e silencioso. Entrando por ele, Gabrielle não havia dado nem dez passos e encontrou Damastor e Ingrid na primeira curva. Ainda pôde ver o Guardião Tratyrus, que pegava o caminho da direita, e então ela chamou os amigos e seguiram pela esquerda.

Caminharam em silêncio, com os olhos fixos no chão. Aqui e ali um lúmen apagava e acendia por entre as folhagens, iluminando grandes olhos furta-cor que desapareciam em seguida.

Gabrielle sentiu que Yperion e Hella estavam muito agitados, e os deixou sair do infinito.

Damastor e Ingrid também trouxeram seus animais-guias para fora. Seus corpos translúcidos ajudavam a clarear o caminho.

— Tenho certeza que encontrarei macacos e cobras — disse Gabrielle —, são meus piores pesadelos.

— Já encontrei meu pesadelo — disse Ingrid, a voz trêmula. — O escuro... meu pior pesadelo é a escuridão.

— E você, Damastor? Qual o seu pior pesadelo? — perguntou Gabrielle.

— Não corro o risco de encontrá-lo — disse tranquilamente —, estou muito bem acompanhado. Meu pior pesadelo é a solidão.

— Acham possível que a Guardiã Curitys seja uma ladra de sonhos?

Ouviram um estampido, como se alguém se aproximasse deles. Gabrielle ergueu o arco, com a flecha já encaixada, e estava pronta para atirar. Os três apuraram os ouvidos. Alguma coisa deslizava pelas folhas e sibilava ali perto, parecia uma cobra se arrastando no chão. Gabrielle apertava o arco e piscava os olhos para enxergar o labirinto escuro à frente, mas passados alguns instantes, o som desapareceu.

Então, alguma coisa enrolou nas suas pernas e a puxou para o chão, arrastando-a. Damastor foi muito rápido e, com uma manobra certeira, acertou a cabeça da cobra, explodindo-a na hora.

— Eu sabia — murmurou Gabrielle. — Tem cobras aqui e não é só isso...

— Macacos? — sugeriu Ingrid.

— Também, mas não é só isso... tem alguma coisa a mais, algo que não estou percebendo — disse Gabrielle, séria. — Muito bem, vamos, mas tenham cuidado com o local onde pisam.

Continuaram a caminhar mais devagar, os ouvidos atentos ao menor ruído. De repente, alguma coisa no final de um corredor do labirinto, alguma coisa sem dúvida havia ali. Mas não era visível. Apenas energia. E não era uma boa energia.

— Quem está aí? — chamou Damastor. — Venha. Estamos armados.

Assim, na bifurcação do labirinto apareceu um portal — não era um portal comum. Do outro lado era possível vislumbrar uma luz etérea e negra. Os queixos de Ingrid e Damastor caíram.

— Quem está aí? — chamou Gabrielle. — Apareça!

— Venha, Gabrielle! — disse uma voz que mais parecia uma vibração. — Mas somente você. Venha sozinha.

— Não faça isso, Gabrielle. Tenha cautela — disse Damastor, segurando-a pelo ombro. E se for um Ladrão de Sonhos?

— Não pode ser — disse Gabrielle —, o enigma é um pesadelo. Quem roubaria um pesadelo?

— Hum. Não sei não! O que é um pesadelo para um, pode ser um sonho para outro?

— Onde você viu isso, Damastor? Leu em algum lugar? — perguntou Gabrielle.

Damastor não respondeu imediatamente. Continuou a segurar o ombro de Gabrielle e, depois de suspirar com força, prosseguiu:

— Os sonhadores são sempre os primeiros a ter pesadelos. E você, minha cara Gabrielle, é a etheryana mais sonhadora que conheço — disse Damastor, retirando a mão do ombro da amiga que atravessou o portal.

Os minutos se arrastaram. O portal não a levava para lugar nenhum. Seus ouvidos pareciam mais aguçados do que o normal. Gabrielle parecia estar rememorando cada suspiro, som, cada sorriso, lágrima do tempo que estava em Étherys e do tempo em que estivera na Terra. O que estava acontecendo? Onde estava? Para onde estava indo? Onde estariam os outros? Viriam ajudá-la?

Finalmente, um grande estrondo. Como se um raio estourasse dentro de seus tímpanos. Então Gabrielle estava outra vez sob a ponte do Rio das Mortes. O lugar onde havia começado seu pior pesadelo. O dia da morte da irmã.

Seus pais, Eloá e José, conversavam sentados na areia. Seu irmão ajudava Norberto com o barco e sua irmã havia desaparecido no meio do redemoinho de areia. Gabrielle viu uma pequena chama de luz através do redemoinho. Alguma coisa branca brilhava no meio da escuridão. Ela se aproximou e, aos poucos, ela reviveu o pesadelo.

Era sua irmã, e a seu lado estava Jullyan; ambos estavam mortos. Gabrielle nunca vira nada tão bonito e nem tão triste. Os dois corpos translúcidos estavam lado a lado, como se fossem almas gêmeas. A única diferença era a cor dos cabelos. Juliana tinha feixes de lúmens dourados, e Jullyan, feixes de lúmens azuis.

Gabrielle tentou correr até eles, mas um som de algo que a acertou na cabeça a fez desmoronar, e ela sentiu as águas do Rio das Mortes congelando outra vez.

— AAAAAAAAAH!

Gabrielle soltou um grito e tentou fugir. O vulto ficou de pé e avançou rapidamente na direção dela — que não conseguia se mexer. Estava tomada pelo pânico. A figura encapuzada não tinha rosto, mesmo assim Gabrielle sentiu que ele sabia tudo o que havia dentro de sua cabeça.

Então uma dor, como nunca sentira antes, varou seu coração, como se seu infinito estivesse em erupção. Atordoada, cambaleou e caiu na escuridão do pesadelo.

CAPÍTULO QUATORZE

A verdadeira face do medo

A dor na cabeça e no peito de Gabrielle foi tão intensa que ela só acordou um mês depois. Estava no Cubiculum Hospitalem. Levou um tempo para rememorar o que havia acontecido.

As coisas não poderiam estar mais confusas.

— Você está bem? — perguntou Edgar Xantras, ajudando Gabrielle a sentar-se na cama.

— Estou, obrigada, o que aconteceu? Como eu vim parar aqui?

Edgar Xantras não respondeu. Tinha olhos pensativos, como se não estivesse realmente ali. Mirou Gabrielle com atenção, demorando o olhar no infinito, que estava em ferida viva no seu peito

Então Gabrielle sentiu que alguma coisa estava faltando nela. Um vazio...

A noite chegou e depois de muito conversar com Damastor, Ingrid e Miguel foram finalmente se deitar, exaustos. Mas a noite não havia terminado. Não para Gabrielle.

Quando Gabrielle puxou o livro que estava debaixo do travesseiro, encontrou dentro dele uma semente de portal do tempo. Teve vontade de jogá-la para longe.

Mas...

Por força da curiosidade que sempre a meteram em sérias encrencas, não resistiu. Pegou a semente em suas mãos e um portal abriu-se, sem mesmo que Gabryelle pronunciasse as palavras que surgiram à sua frente.

Parada e de costas, à beira do precipício, ela enxergou alguém que nunca havia passado em sua mente. Era Acácio Acquamor.

— O senhor! — exclamou Gabryelle.

Acácio virou-se. Ele tinha uma expressão cínica e nada cortês, muito diferente do que sempre demonstrou.

— Estive esperando que você viesse — disse sorrindo —, você demorou para entender.

— Pensei que... Eghon... o Príncipe... minha mãe...

— Tantos assim? — Acácio deu uma gargalhada, era como se o próprio Senhor do Medo o estivesse possuindo. Era frio e medonho.

Yperion e Hella saltaram para fora. Gabrielle não saberia nunca decifrar qual emoção os trouxera para fora. Ela sentia um misto de tão intensas e diferentes emoções que, só de pensar no trabalho que teria, ficava exausta.

— Você tem razão, todos eles fizeram o tipo perfeito, não fizeram? Tão útil ter plantado a semente do medo em seus corações. Eghon será um ótimo general para Medlor e também me serviu perfeitamente, fiquei incógnito e pude abrir caminho para o Senhor do Medo.

Gabryelle estava atônita. Não conseguia entender por que não suspeitou de nada, estava o tempo todo na sua cara e ela não viu.

— Então foi você quem me provocou tantas vezes?

— Como você é ingênua, Gabryelle! EU tentei MATAR você usando Eghon, Benjamim e Eloá como minhas marionetes. Seu amigo Damastor Grandys desconfiou e tentou avisá-la, e tive que mantê-lo sob encantamento na batalha dos enigmas até que sua lembrança fosse apagada. Se não fosse por ele, você não estaria mais aqui, mas agora ele não está aqui para salvá-la. Sua hora chegou!

— Damastor tentou me salvar?

— É claro — falou Acácio ironicamente —, por que acha que ele fez de tudo para formar dupla com você? Uma grande perda de tempo, já que vou matá-la de qualquer modo.

Acácio girou a mão no ar e sua corda de lúmens prendeu Gabryelle com tanta força que ela mal conseguia respirar.

— Você tem muitos sonhos para continuar viva, Gabrielle. Abrir aquele sonho coletivo no dia do herói aprendiz elevou o IFIB e quase destruiu os planos de Medlor, e eu que imaginei que você fez aquilo por que havia me descoberto.

— Foi você que trouxe o pesadelo?

— Claro que fui eu. Tenho grande talento em criar pesadelos. E o pior deles está chegando, ao menos para você, é claro.

Somente naquela hora Gabryelle percebeu o portal de Medlor, que se erguia do precipício e estava vibrando atrás de Acácio.

— Este portal é a chave para destruir de vez sua capacidade de sonhar — gritou Acácio, tentando expandi-lo o máximo possível —, o único que pode destruí-lo é o próprio Morphys, mas ele está impossibilitado de agir enquanto as chaves Verittas e Athaere estiverem em meu poder.

Gabryelle não conseguia pensar em nada, e a única coisa que poderia fazer era tentar um sonho possível para Acácio, distraí-lo e fazê-lo perder a concentração no portal, temendo o que viria através dele.

— Eu vi Eghon e Curitys na sala — disse Gabryelle.

— Eu sei que viu — falou Acácio, tentando atravessar o portal —, fui eu que arranjei o encontro entre os dois para que você pensasse que Curitys tivesse tentado roubar o Livro das Energias de Étherys. Eghon é só um idiota infeliz, tentou me assustar, como se fosse possível.

Então aquela mesma imagem que Gabrielle tinha visto no peito de Bellanir Bristell, no campo de papoulas, pôde ser vista em Acácio. Havia um animal dentro dele e não era uma animal-guia.

Uma forma inumana saiu do infinito de Acácio. Era algo grotesco e sobrenatural. Uma mistura de macaco com um olho de fogo no meio da testa. Ganhava tamanho e, repentinamente, seu rabo tinha se transformado em uma cobra. Seus olhos cheios de ódio estavam fixos em Gabrielle.

Acácio caiu no chão. Medlor era a força que o mantinha vivo. Acácio estava morto.

— Estou vendo seus sonhos... mas vou transformá-los em pesadelos... Vou apresentar-me! EU SOU o seu pior pesadelo, EU SOU o Senhor do Medo, EU SOU MEDLOR!

Gabryelle tentava forçar as cordas que a mantinham presa, mas elas não cediam. Havia chegado a hora de enfrentar seu pior pesadelo, pois somente ele poderia desfazer o encantamento que mantinha Eloá presa no Deserto dos Sonhos Perdidos.

— Você não pode ser Medlor, você é bondoso demais para isso.

— Bondoso, eu? — disse, soltando uma gargalhada gutural. — Eu te odeio! Ahh como eu te odeio, garota! Eu não canso de te mostrar os piores pesadelos, e você nunca desiste? Quantos sonhos ainda tem aí?

— Você me odeia? Sem mim você não existiria. Por que quer me destruir?

Pela primeira vez, Medlor parecia ter perdido a concentração.

— Às vezes os pesadelos são grandes demais até mesmo para mim. Preciso dividi-lo com você para me libertar.

— Quer dizer que foi você que plantou o medo dentro de todos eles? — exclamou Gabrielle, admirada. — As sementes de pesadelos...

— Estão comigo o tempo todo — sussurrou Medlor. — Tudo começou quando Verena sonhou o sonho de ter "nossa" Gabrielle. Acácio estava muito apaixonado. Foi muito fácil fazer com que a semente do medo se perdesse e germinasse em seu coração. Ele era muito tolo e tinha muitas dúvidas entre o certo e o errado. A energia do mal dominou seu infinito e o animal-guia dele morreu, e EU tomei o lugar dele. Depois foi fácil roubar o pergaminho proibido e dá-lo à Verena.

— Você? E todos acreditam que foi Verena!

— Verena? Não! Verena descobriu muito cedo que não existe o certo e o errado. Só existe a energia. E a energia é o que queremos que ela seja. Ela só fez as escolhas erradas, usando as emoções certas. Abriu caminho para que eu pudesse voltar à Étherys. Ela só queria uma filha e acabou por condená-la para sempre ao Deserto dos Sonhos Perdidos.

Gabrielle estremeceu de repente. Não era fácil para ela perdoar. Tinha muita sede de vingança presa dentro de seu coração, mas não podia arriscar. Medlor já possuía duas chaves que poderiam abrir o reservatório dos sonhos possíveis. Não seria ela a ajudá-lo.

Foi nesse momento que ela se deu conta de que Medlor já tinha as chaves em seu poder. Por que não as estava usando? Decidiu que tinha que descobrir a verdade.

— Onde estão as chaves? — perguntou Gabrielle, secamente.

— Eu não entendo... as chaves estão dentro das sementes. Por isso preciso do Livro das Energias de Étherys — disse Medlor —, preciso saber como fazê-las germinar novamente.

Um vórtice multicolorido girava na cabeça de Gabrielle.

Medlor continuava falando e gesticulando. Finalmente ele retirou duas sementes do bolso e as segurou. As sementes queimavam suas mãos e ele as jogou no chão, aos pés de Gabrielle.

Gabrielle tentou alcançar as sementes, mas não conseguiu. As cordas que a prendiam estavam muito apertadas. Medlor não lhe dava atenção. Continuou esbravejando.

— O que faz a semente germinar? Como ela funciona? Diga logo, garota.

— E para espanto de Gabrielle, uma voz respondeu. A voz que parecia vir de dentro dela mesma.

— Não responda... não responda...

Medlor se voltou para Gabrielle.

— Sim... é Eloá! Sua mãe está aqui.

— Mãe? — sussurrou Gabrielle. — Onde você está? Venha até aqui, por favor...

— Ela virá se me ensinar a germinar as sementes... Preciso das chaves e elas não germinam comigo.

— Primeiro quero ver minha mãe! — ordenou Gabrielle.

Medlor abriu um portal e Eloá apareceu do outro lado. Ela estava cansada e triste, mas quando viu a filha, seu sorriso se abriu. Gabrielle ouviu um leve estouro. Era muito sutil, mas conseguiu identificar de onde estava vindo aquele som.

As sementes estavam eclodindo.

Um gesto apenas e as cordas de lúmens se soltaram de Gabrielle, que se levantou o mais rápido que pôde.

— Venha cá — gesticulou Medlor. — Olhe para as sementes. Toque nelas e as faça germinar! Anda... depressa!

Gabrielle foi até Medlor. Parou na frente do seu pior pesadelo e fechou os olhos.

— Não faça isso! — gritou Eloá, do outro lado do portal.

— Faça isso ou jamais verá sua mãe outra vez! — gritou Medlor, ameaçador.

Gabrielle abriu os olhos e se adiantou para ficar perto das sementes.

— E então? — perguntou Medlor, esbravejando. — O que está esperando?

Gabrielle sentiu uma energia estranha percorrer todo o seu corpo e se concentrar em seus pés — era uma energia inacreditavelmente forte e ela estava no controle total dela.

Gabrielle sabia que era a coragem. Yperion e Hella vieram como num raio para o infinito, e então ela pisou. Gabrielle pisou com toda força sobre as sementes. Elas explodiram e desapareceram no ar.

Medlor dobrou instantaneamente de tamanho.

— O que você fez? — disse, enquanto Gabrielle se afastava e tentava atravessar o portal até Eloá.

Então ela saltou e se lançou num voo em alta velocidade para atravessá-lo. Bateu violentamente numa parede de vidro. Ela estava numa bolha. O portal não era de verdade. Era um enigma, um pesadelo...

— Achou que poderia destruir as chaves e ainda resgatar sua mãe? — perguntou Medlor, em meio a gargalhadas. Não seja tola! Achou mesmo que seria tão fácil resgatar sua mãe?

E então, aquela voz outra vez.

— Gabrielle, socorro! Venha me salvar — dizia Medlor. — Estou no deserto dos sonhos perdidos... — E gargalhava mais alto ainda.

— Era você o tempo todo? Onde está minha mãe? — suplicou Gabrielle. — Deixe-me ao menos vê-la.

— Então você quer vê-la? Muito bem — sussurrou Medlor —, você irá vê-la!

Gabrielle não percebeu o momento em que foi sugada para dentro da bolha. Ouvia Medlor berrando e tentando alcançá-la. Ela não conseguia abrir os olhos para ver Eloá — ouvia os gritos da mãe, que chamava por ela como se estivesse dentro de seu infinito: "Gabrielle! Gabrielle!".

Desta forma, a bolha estourou e ela caiu num buraco sem fim. Teve certeza de que jamais chegaria ao fundo, bem como estava perdendo suas forças e sua mãe para a escuridão.

Alguns lúmens dançavam sobre sua cabeça. Tentou agarrá-los. Seus braços estavam amarrados à cama.

— Graças a Morphys! — Ouviu Aurélyus Néquilus dizer. — Ela está viva!

— E aí, Gabrielle. — Ouviu Damastor Grandys falar.

Gabrielle se virou e ele estava ao lado de Ingrid e Miguel, que dormiam ao lado da cama. Estavam no Cubiculum Hospitalem.

— Pensador Aurélyus... as chaves... são sementes... eu as destruí para sempre!

— Calma, Gabrielle, você precisa descansar. Você não destruiu as chaves.

— Claro que destruí, Pensador Aurélyus... pisei nelas e elas explodiram.

— Esqueça isso, agora, seus amigos estavam ansiosos e preocupados com você.

— Faz quanto tempo que estou aqui?

— Oito dias — disse o pensador, afastando-se para ir embora.

— Mas, pensador Aurélyus, as chaves...

— Você não destruiu sementes de verdade. Eram estragadas.

— Sementes estragadas? Como assim? Quem entregou sementes estragadas a Medlor.

— Benjamim Véquillas, o príncipe de Étherys.

— Por que ele faria isso? Ele não é um dos aliados de Medlor?

— Não me faça rir, Gabrielle. O príncipe a salvou das garras de Medlor e a trouxe de volta.

— Não! — gritou Gabrielle. — Não pode ser verdade!

— Não precisa me agradecer. — Ouviu Benjamim dizer; ele acabara de cruzar o portal e pairava ao lado da cama.

— Então foi você...

— Tive medo de ter chegado tarde demais.

— Que história é essa de sementes estragadas? — perguntou Gabrielle

Benjamin Véquillas sorriu ao ver Gabrielle tão surpresa e ansiosa.

— Este era o nosso plano original. Enganar Medlor com as chaves falsas. Quando ele as teve nas mãos, percebeu que não seria tão fácil fazê-las germinar. Ele é muito pequeno para estar de posse de tantos sonhos.

Gabrielle ficou ali pensando, não encontrou palavras. Benjamim Véquillas estava ficando desconcertado e puxou conversa com Damastor, antes que seu animal-guia saltasse do infinito.

— Damastor? — disse Benjamin. — Acredita que Medlor vai voltar, não vai? Ainda existem muitos ladrões de sonhos por aí.

— Espero que sim — disse Damastor. — Enquanto ele existir, Gabrielle também existirá. Se ele desaparecer, Gabrielle terá ido embora para sempre.

E Gabrielle indagou sobre algo que não conseguia entender.

— Por que Medlor simplesmente não consegue sonhar?

— Porque na Terra existe uma energia mais forte que a Energia de Étherys. É a energia do amor. Medlor não consegue compreendê-lo. Até mesmo para nós etheryanos é difícil... — sussurrou o príncipe Benjamim, constrangido. E para ele é uma tortura saber que tem alguém com tantos sonhos.

— Bem... — disse Gabrielle Acquamor — sou mesmo uma sonhadora! Como foi que conseguiu entregar as sementes estragadas para Medlor?

— Você deveria me perguntar como tirei as chaves das sementes. Isso sim...

— O quê? Você tirou as chaves das sementes?

— Fico feliz que se interesse por algo a meu respeito — disse Benjamim, provocativo. — Reconheça que foi uma ideia brilhante.

— Claro que foi brilhante! — disse Gabrielle, e o príncipe já estava estufando o peito. — Por isso mesmo não acredito que a ideia tenha sido sua — completou Gabrielle.

— Gabrielle! — gritou Miguel, despertando do sono e derrubando Ingrid Ferdinandys no chão.

— Ah, Gabrielle, nós tínhamos certeza que você voltaria... Damastor estava tão preocupado — disse Ingrid.

— Kaibalyon inteira não fala em outra coisa — disse Damastor. — E então, o que foi que aconteceu de verdade?

— A verdade? A verdade é muito difícil de saber, Damastor. — Gabrielle contou tudo: o portal, Acácio, Medlor, as sementes, Eloá e a escuridão.

— E como foi que você conseguiu voltar? — perguntou Ingrid, curiosa.

— Você não ouviu o Pensador Aurélyus Néquilus contar? Benjamim Véquillas a trouxe de volta.

— Ele resgatou você? — indagou Ingrid Ferdinandys. E seu animal-guia saltou para fora do infinito — bom, se ele fez isso... é bom... quero dizer... isso é horrível... ele poderia ter morrido.

— É, com certeza — disse Damastor —, ele poderia ter morrido. As sementes de sonhos já foram computadas, sabia? Adivinha quem ganhou?

— Fígys? — perguntou Gabrielle, em dúvida.

— Errou feio — disse Ingrid Ferdinandys. — Foi o Condado de Étherys.

— Por falar em Étherys — disse Damastor —, o Rei Emanuel pediu que lhe entregasse este pergaminho.

Era um convite para que Gabrielle fosse ao castelo assim que estivesse recuperada.

Alguém que estivesse do lado de fora do castelo poderia pensar que uma invasão de ladrões de sonhos estivesse acontecendo, tamanha a gritaria com que Gabrielle fora recebida pelo rei e rainha, e por toda a Ordem da Consciência.

— Existe todo tipo de semente de sonhos — disse o Rei Emanuel, sorrindo. — É preciso muita energia para enfrentarmos o Senhor do Medo, e mais energia ainda para materializarmos nossos sonhos. Você se saiu muito bem em seu primeiro ano em Kaibalyon, Gabrielle Acquamor.

— Mas não consegui o mais importante — disse Gabrielle. — Não encontrei minha mãe.

— O mais importante é que ela está viva — continuou Aurélyus Néquilus.

— Como sabe disso? — perguntou Gabrielle, cheia de esperanças.

— Quando um etheryano morre, sua energia volta para a Matriz Divina. A energia de Eloá não está lá.

— Mas, pensador — lembrou Gabrielle —, minha mãe não é uma etheryana.

— Não? Quem consegue chegar à Étherys... etheryano é.

Gabrielle não tinha mais argumentos para contradizer Aurélyus Néquilus. Na verdade, tudo o que ela desejava é que sua vida voltasse ao normal. Sem enigmas, pesadelos e ladrões de sonhos.

Tratyrus estava com o portal que a levaria de volta à Terra. Levou um bom tempo para que Gabrielle tomasse coragem de atravessá-lo. Seu coração guardava duas emoções tão distintas: alegria de rever o irmão Rafael, e tristeza de deixar sua mãe para trás. Ao menos poderia contar ao irmão que Eloá estava viva e que voltaria à Étherys até que conseguisse resgatá-la das garras de Medlor.

— Vejam! Lá está ela, olha!

Era Rafael, com um largo sorriso nos lábios, parecendo muito feliz com a chegada de Gabrielle. Mas não estava sozinho.

Atrás dele, no meio do jardim, na Rua das Acontecências, estava uma moça linda, parecendo pouco à vontade com a chegada de Gabrielle.

— Gabrielle, esta é Lilian — falou Rafael, entusiasmado.

Gabrielle não disse nada. Caminhou depressa ao encontro dos dois e os envolveu num único abraço.

— Onde está mamãe? — perguntou Rafael.

— Ela não está pronta para voltar, ainda não... em breve...

— Quer dizer que terá que voltar à Étherys? — perguntou Lílian, timidamente.

— Sim! Não vou parar de sonhar até trazê-la de volta.